CIRKUS

夜な夜な天使は
舞い降りる

パヴェル・ブリッチ

訳＝阿部賢一

はじめて出逢う
世界のおはなし

地獄のような仕事を何度もお願いしている
わたしの守護天使カロリーナに
愛をこめて

目次

Ⅳ　奇跡のように

装画　中村幸子
装幀　塙　浩孝

Ⅰ　夜な夜な

I. Noc co noc

天使はいつ自分の姿を見るのか？

Kdy se vidí andělé ?

人間を見守ってくれている守護天使をなかなか目にすることはできないのはとても残念なことだ。天使たちはプラハのとあるバロック様式の教会に、夜な夜な集まっているという。教区司祭が聖具室で身体を温めようとミサ用ワインの在庫をすこし失敬しているころ、天使たちは木のベンチに坐って、それぞれが見守っている人びとのことを話している。ぼくたち人間が聞いても、とてもためになる話だ。ぼくたちに愛を注ぎ、一瞬たりともぼくたちのことを忘れることのない存在に想いをめぐらすと、なぜか気分が落ちつく。なかには天使の物語を耳にするという幸せにめぐまれ、天使たちの話を教えてくれるひとがごくまれにいる。ここで披露するのはそういったお話のひとつだ。

年老いた天使アブラハームは、若い同僚のベンヤミーンに自分の物語を語ろうとしていた。

「わしが見守っていたのは、ヴラジミーレクというひとじゃった」アブラハームは語った。「いまからちょうど一年前、わしとあるじがひと時のあいだ、離ればなれになった話をしてやろう」

天使アブラハームはすこし身体をねじり、畳んでいた羽根をかすかに揺らし、禿《は》げあがった頭をぽりぽりと搔いてから話をはじめた。

「わしのあるじはズラトゥシェという娘を心から愛していた。すらりとしたブロンドの女性だ。ヴラジミーレクは大学で自然科学を学び、大気中の新しい細菌、つまり存在はするものの目にはできないものについてじゃが、それについて卒業論文を提出して無事に受理されると、ふたりはすぐに結婚をした。

だが、ヴラジミーレクは先のことをよく考えておらんかった。結婚生活には目に見えるものも重要で、なかでも、住まいとお金が大事だということを。目に見えないものに情熱を傾けていたヴラジミーレクは、お金には無頓着だったのじゃ。

若い夫婦は部屋を借りて住んでいて、そこに息子のヴァシェクが生まれた。目に見えないものの専門家ヴラジミーレクは、不可視細菌学科の教員として職を得ていた。けれども、仕事に没頭していたかれは自分が愛を注いだ《目に見えないもの》と文字通り同じような存在になり、かれの昇給を気にかける者など何年ものあいだいない始末だったんじゃ。そのため、若い夫婦は毎月のように借金を重ねていくようになった。

それから五年が過ぎた昨年のこと、ヴラジミーレクは夏休みになったら、息子ヴァシェクの誕生日プレゼントを買ってあげようと思ったが、手元にお金はまったく残っていなかった。ヴラジミーレクはおちおち眠ることもできず、ヴァシェクにマウンテンバイクを買ってあげるお金をどうやったら工面できるかと頭を悩ませておった。ヴァシェクは以前から、ショーウインドーに飾ってある赤とゴールドの自転車を見ては、目をきらきらと輝かせておったよ。

悲しみに暮れた父は不可視細菌学科での仕事を終えると、毎日ショーウインドーのまわりをうろつくようになった。次第に恥を感じ、自分自身のことを憎むようにもなった。ショーウインドーの前に立ちどまって自転車をあまりにも長いあいだじっと見ていたので、その場を離れても、赤とゴールドの自転車が目の前をちらちらする始末。誕生日が間近に迫っていたころのことじゃ。

『なんとかしないと』ヴラジミーレクは悲しげにつぶやいた。『銀行強盗しかないか……』

赤とゴールドの自転車のことでかれの神経は張りつめていた。あまりにも気が動転して守護天使の存在を意識する余裕すらなく、ただただ大きな悲しみに暮れておった。

ヴラジミーレクは貯蓄銀行を目指した。胸ポケットにはナイフを忍ばせて。そのナイフは、ヴラジミーレクがヴァシェクの父親になる前、ズラトゥシェの夫にもなる以前に、ソンブレロをかぶったバッファロー・ビルよろしく草の上に横たわっていたころ、ハイキング用に使っていたものじゃった。

わしにできたのはあの人を見守ることだけ。マウンテンバイクのプレゼントを差し出して、悩みから解放することなど到底できない話だった。わしのあるじは黒いストッキングを頭にかぶり、地下鉄の《天使《アンジェル》》駅すぐ近くの貯蓄銀行を襲った。窓口の女性とわしのあるじの顔からは血の気がさっと引き、恐怖と羞恥心、それから怒りが入り混じった表情を浮かべた。わしはこの光景を目の当たりにして、ナイフとお金に恐怖をおぼえ、さらには悲しくなってハチドリのように羽を小きざみに振った。わしはハチドリと同じく鋼《はがね》のような青色をしていたために、手にしたナイフのことで頭がいっぱいだったヴラジミーレクはわしを見ることなどできなかった。掌に握っていたナイフの刃は、ヴラジミーレクにしたら恐怖そのものだった。わしはあのひとのことを知っているから、よくわかる。窓口の女性をナイフで脅かしたのはたしかにヴラジミーレクだったが、かれが傷つけたのは自分自身だった。幸いなことに、女性はすぐにお金を手渡した。これまで何千年ものあいだつねにそうじゃったが、お金はすべてであると同時に無でもあった。ナイフを手にして貯蓄銀行を襲撃したとき、お金はすべてだった。だが、かれの左手が札束に触れるやいなや、お金は無意味なものとなったのじゃ。

わしは天使だ。だからといって、ヴラジミーレクを非難することなどできなかった。ただ、声をかけるのが精いっぱいだった。そのお金を一刻も早く捨てるか、焼いてしまうんだ、捕まる前にここから早く逃げるんだ、と。

だが、わしのあるじを追いかける者はひとりもいなかった。黒服の警官が追いかけることもなければ、マスクをした男たちに銃底で殴られることもなかった。追いかけてきたのはたったひとり、《不安》という名の猟師だったが、その猟犬はなにかというと、ヴラジミーレク自身の良心だったのじゃ。わしのあるじの足元はふらつき、しばらくしてから貯蓄銀行に走ってもどった。窓口の女性に謝罪の言葉でもかけたのだろう。それから路面電車の線路沿いに逃げたかと思うと、今度は列車に乗って逃げようとした。

ヴラジミーレクは身体を震わせながら、しくしくと泣いておった。良心が突然かれの心に入りこみ、かれは地面に放り出されたのだ。若いヴラジミーレクの心は、うしろめたい気持ちの重責に耐えきれずに爆発してしまい、致命的な傷口がぱっかりと開いたのだった。幸いにも救急車が到着し、かれは一命を取りとめた。搬送されているあいだずっと、わしは救急車の座席にすわり、病院に到着してからも、かれのかたわらにいた。わしらが離ればなれになったのは裁判のときだった。

被告となったヴラジミーレクには、有罪が言い渡された。傷口はどうにか縫い合わされ、心の重荷はすこし軽くなっていた。

かれは罪を受け入れたが、妻のズラトゥシェや息子のヴァシェクに自分が辱《はずかし》めを受ける様子を見られたくはなかった。裁判所で一筋の涙がヴラジミーレクの頬をながれたとき、かれはわしがいるか、あたりを見回した。そのとき、かれはわしを見た、本当じゃ。かれの目を見て、わしは確信した。あのひとはわしを見ることができたのだ、と！　魔法でもかけられたかのようにわしはそっと近づくと、かれの瞳を覗きこんだ。その瞬間、わしたちふたり以外、法廷、陪審員、弁護士、護送担当の警官、貯蓄銀行の女性は存在しないも同然だった……。

　わしはヴラジミーレクの目をじっと見つめ、かれの瞳にわし自身の姿を見た。そんなことは天使になって初めてのことじゃった。目に見えないこのわしが、前に立っても鏡がその役目をいちどたりとも果たしたことのなかったというのに、初めて自分の姿がどういうものであるかを知ったのじゃ。それは、とても不思議な感覚で、はっとさせられるものだった。見ること、見られること。その瞬間、わしら天使が導かれている真実とはどういうものかを知った」

「どういう真実なんだい、アブラハーム？」ベンヤミーンがたずねた。

「純粋な心を持つ者の前には、天使が姿を現すということじゃ」

「息子ヴァシェクの誕生日の一件で、ヴラジミーレクは何年の刑を言い渡されたんだい？」ベンヤミーンは先輩の天使に訊いた。

「一年の刑だ。そして、今度の誕生日が出所予定日じゃ」アブラハームは答えた。「明日、釈放されるはず」

「ねえ、アブラハーム、ヴラジミーレクは今でも君のことが見えると思うかい？」若い天使は質問を重ねた。

「ああ、刑務所でおちぶれていなければだが」年老いた天使は答えた。

しばし沈黙が続いた。若い天使も、年老いた天使もなにか考え込んでいた。するとベンヤミーンが声を張り上げた。「じゃあ、幼いヴァシェクにしてみれば、今度の誕生日は一生忘れられないものになるね！　だって、悪いことに手を出したとはいえ、悪い心にすっかり染まってしまうのではなく、打ちひしがれるのをみずから選ぶ、やさしい父さんと再会できるのだからね。それにしても、自分の姿を映し出してくれる人間に出逢えて、あなたは本当に幸せだなあ。ぼくなんか、自分の姿がどうみえるか今でもまったくわからないし、見守っている人間の瞳がぼくを映し出す鏡になったこともないよ」

「大丈夫、お前にも自分の姿が見える日がきっとやってくるはず」アブラハームは若い天使を悟すように言った。「そのとき、お前はもう若くはなく、美男子ではないかもしれん。でも、いつの日かきっと、お前が見守っている人間が奇跡を叶えてくれるはず。永遠の命を授かっているわしら天使には、ありあまるほどの時間があるのだから」

終身クリスマス

Vánoce na doživotí

「ねえ、《終身クリスマス》って知ってる?」夏休みの暑い夜だったが、若い守護天使ベンヤミーンがこんな質問をした。ベンヤミーン、アブラハーム、エロヒーム、サルヴァドル、ミコラーシュ、フィリップの六人の天使は、聖タデアーシュ教会のなかで、ミサ用の赤ワインを飲みながら、日中のかまどのような暑さが引いた教会の身廊の心地よい冷たさを満喫しているところだった。

「どういう意味じゃね、ベンヤミーン?」長老の天使アブラハームがたずねた。

「そう、《終身クリスマス》。こういう単語の組み合わせは聞いたことがないかもしれないね。でも、これからするクリスマスの話を聞き終わったころには、どういうものかわかってくれるはずだよ」若い天使は微笑を浮かべた。

「ぼくがあるじのヴィクトルに仕えるようになったのは、かれが誕生してまもないころ」ベンヤミーンは話をはじめた。「誰でもたやすく想像できる、どこにでもいる、平均的な男の子、それがヴィクトルだった。ずば抜けて格好いいというわけでも、極端にぶさいくというわけでもなく、とても健康というわけでも、病弱というわけでもなく、聡明というわけでも、間抜けというわけでもなかった。天使としてのぼくの使命も浮き沈みはほとんどなくてね。中の中という平均きわまりない少年だった。天使の集まりに顔を出したときなど、どこか引け目を感じていたよ。だって、ほかの天使たちは見守っているひとの性格について熱く語っていて、そういうひとはスポーツや芸術、知的な分野においてエネルギーを爆発させるような人びとばかりだったからね。ぼくは黙るばかりだった。話すことがなにもなかったんだ。不快に思うようなことはなかったけど、逆にわくわくするようなこともなかった。ぼくは見守る人の無色の影でしかなかった。ヴィクトルが十歳になるまでそういう状況が続いた。それが突然、かれにとって十回目のクリスマスのとき、変化が訪れたんだ。

《終身クリスマス》って言ったけど、文字通りそういうクリスマスになったんだ。クリスマスプレゼントが子どもの運命を一変させ、贈られたプレゼントが一生そのひとから離れないときにこう言うんだよ。たとえば、クリスマスツリーの下に小さな人形劇のセットを見つけた腕白少年が、大人になってから劇の演出家や映画監督になったりする。ある女の子はアイススケートの靴をもらい、氷のうえの世界に魅了され、しまいにはホリデイ・オン・アイスのクイーン役を演じたりもする。こういった、クリスマスのサプライズがもたらす運命を左右する可能性をぜんぶ挙げることはできないけど、ただひとつはっきりとしていることがある。プレゼントになにを選ぶかは、大人にとってきわめて責任重大な使命だということだよ。ヴィクトルの両親は十年のあいだプレゼントの選択を失敗していた。もしかしたら、子どもであるというのはどういうことかを忘れていたのかもしれないね。なにかほかに心配事がいろいろとあったのかもしれない。それまでのプレゼントは、電動式の電車、ミニカー、バスケットボール、自転車といったもので、クリスマスの翌日になると幼いヴィクトルの手には残っていないものばかりだった。そういったプレゼントは、ヴィクトルとともに年月を歩むことがなく、ヴィクトルもそういうプレゼントと一緒に多くの時間を費やすこともなかった。凡庸というなだめがたいグレーゾーンから、かれを引っぱり出してくれるものではなかったんだ。おばあさんからのプレゼントを貰うあの日までは。

ヴィクトルのおばあさんはソプラノだった。奇妙に響くかもしれないが自然に表現するとこうなる。ヴィクトルのおばあさんは、ソプラノ色の声をもった女性だった。ほかに表現のしようがない。つまり、ソプラノの声は彼女という人間を表すもっとも特徴的な表現だったからだ。ソプラノで話し、ソプラノで笑い、ソプラノでいびきをかき、ソプラノで苦痛を表現した。しまいには、ソプラノで食事をするほどだった。簡単に言うと、ソプラノで日常を営んでいたんだ。もちろん、歌声もソプラノだったよ。でも、歌手ではなかった。楽譜が読めなかったためかもしれないね。いやむしろ、若いころ緊張で膝ががくがく震えた経験があったからかもしれない。なによりも、自分が単なるおばあさんでも、老婦人でも、年金生活を過ごす元教師でもなく、なにを差し置いても、ソプラノであることに気づいていなかったからかもしれない。

夫が亡くなり、埋葬が済んでからというもの、おばあさんは今まで以上に孫の世話をするようになった。クリスマスには娘の家庭を訪れ、プレゼントを手渡すことを考えた。でも、両親のプレゼント以上のものをヴィクトルにあげることなどできるかしら、と頭を悩ませていた。そこで、おばあさんは真夜中の礼拝が行なわれている教会にヴィクトルを連れていくことにした。オルガンの音に合わせて、おばあさんのソプラノが十二分に響きわたってね。オトラドヴィツェのアダム・ミフナのキャロル《眠りたもう》がはじまったとき、ヴィクトルの《終身クリスマス》のプレゼントが決まった。

ヴィクトルは、おばあさんの聖歌集をちらりと見ては、周りにいる人びとの声に合わせて口を開けようとした。そう、ヴィクトルもまた、おばあさんに引けを取らない声をもっていたんだ。ただそれまで自分の声を意識したことは一度もなかった。初めは口ごもってハミングしながら、自分の声をぎこちなく探していた。だが、純粋な三度音程を初めて探りあてると、ヴィクトルは凡庸さという壁を打ち破り、歌いはじめたんだ。驚いたのはおばあさんのほうだった。オルガン奏者もまた、ヴィクトルのことをじっと見ていた。ヴィクトルの歌は素晴らしいもので、聖歌隊席にいたぼくですら自分の耳を疑ったほどだったよ。それまで、かれの思考や身体の凡庸さのなかに閉じ込められていたものがすべて、教会の身廊の高みまで上昇していった。それはあまりにも無垢な美しさをそなえていたので、オルガン奏者がおばあさんに近寄り、ぜひヴィクトルに音楽と歌の手ほどきをしたいと頼み込むほどだった。おばあさんは孫にたずねた。『ヴィクトル、おまえさんは歌を勉強したいかい？』

天使としてのぼくの出番が訪れ、ヴィクトルはうなずいた。それからというもの、ヴィクトルが成長するにつれて、ぼくの矜持《きょうじ》も大きいものになっていった。音楽学校を修了したあと、ヤナーチェク音楽アカデミーを卒業し、そしてヴェルディ、ドヴォジャーク、ヴァーグナー、ベルンシュタインを歌うようになったんだ。ヴィクトルは一人前の歌手となった。あの幼い少年の面影はなく、恰幅《かっぷく》のよい紳士となっていた。もしかしたら、ぼくが知っているなかでいちばん体格のいいテナー歌手かもしれない。かれの声には、凡庸さから眼を覚ました十歳の少年が初めて歌ったあの美しいクリスマスキャロルが、たえず響いているんだ」

ベンヤミーンはしばし黙ると、教会のオルガンのほうをちらっとみた。「ヴィクトルは明日ニューヨークに飛び、メトロポリタン・オペラで客演する予定なんだ」

「なるほど」年老いた天使のアブラハームは相槌を打った。「《終身クリスマス》はプレゼントのことじゃったのか、しかもそれは必ずしもモノであるというわけではあるまい。君のヴィクトルは、真夜中の礼拝で自分の声を手に入れた。いつか、ヴィクトルをここに連れてきてくれんか」アブラハームは喜びにひたりながら言った。「ここのオルガン奏者は卓越した腕を持っておる。ヴィクトルが一緒にあわせてみたらどうなるか、とても楽しみじゃ」

「そうだね」ほかの天使たちもうなずいた。

天使たちはみな、音楽を愛している。というのも、天使と同じく、音楽もまた触れることも、目にすることもできず、世界のなかをただ振動しているだけだからだ。

かつて、一曲の歌が、重い鎧を身につけた騎士の軍隊を退却に追いやったことがあった。その時代を生きていたふたりの年老いた天使が言うには、そのとき歌を歌ったのは、幼いころのヴィクトルと同じくまったく目立たない男の子だったそうだ。騎士たちはパチンコ、長刀、剣の殻竿、投げ槍を手にして雄馬に乗っていた。けれども、歌の言葉とメロディーがあまりにも力強く、相手を打ち負かしてしまったのだ。だから、天使たちは不滅とはなにかをよく知っている。バッハ、モーツァルト、ベートーヴェン、さらには存命中のすべての作曲家を称賛している。守護天使たちはもはや故人となった音楽家のひとりひとりを見守ってはいないが、かれらが残した作品を今なおあたたかく見守っているのだ。

過労気味の天使

Anděl workoholik

バロック様式の聖タデアーシュ教会の壁には耳があり、守護天使たちがそれぞれ見守っている人間について語りあっている話にそば耳を立てている。天使たちは人間が眠っているあいだ、ここにつどっては人間たちの話をしている。両親が自分の愛する子どものことを喜んで話すように、天使たちも人間の話をしている。でも、なかには、子どもに手を焼く親がいるように、天使もまた見守る人間のことで憔悴《しょうすい》してしまうこともある。たとえば、天使エロヒームがそうだ。疲れきったかれの目は今にもくっつきそうで、坐っているベンチから今にも落っこちてしまいそうだった。

「わたしは過労気味の天使なんです」こう言って、エロヒームは自分のことを語りはじめた。「翼は痛いし、神経はずたずた。わたしのあるじ、アレックスはね、親愛なるみんな、ハンググライダーで年がら年中飛び回っているひとなんです」

「ほんとうに空を飛んでいるのかい？」ほかの天使たちが声をあげた。「それはまた面白い人だな」

「ええ、飛んでいます」天使エロヒームがうなずいた。「でも、その飛び方といったら、ひどくて。飛んだかと思うとすぐに落下する。今年は五回飛んだけど、五回とも落下。おかげで、巣にいる子どもに餌を運ぶフィンチのように、わたしの羽根もフル稼働で疲れきってしまってます」

「ねえ、もっとくわしく話を聞かせてよ」天使たちがお願いした。

「うん、わたしのあるじアレックスがはじめて使った翼は、《アトラス》のライセンスを取得して国内で生産されたものでした。オリジナル・ブランドの翼のほうが無論品質もすぐれ、上級者用でしたが、その分値段も高くてですね。国産のほうが安かったんです。まずは翼を手に入れようと、アレックスは学生時代から倹約していました。かれが手にした翼は、飛行用の計器をすべて備えていましたが、デザインはあまり考慮されておらず、結合部や鋲《びょう》の見かけはひどいものでした。でも、わたしもよく見張っていましたが、緩むようなことはありませんでした。ただ美しいものではなかったということです。セールはビニール製で完全にぴんと張ってはいませんでした。アレックスは飛ぶのを心待ちにしていましたから、新しい翼の美しさに難があるのを気にせず、すぐに飛行を試みてみたのです。

でも、すぐにぶざまな着地をしてしまいました。右のウイングチップが向かい側の斜面に突き刺さり、アレックスの足は上向きになり、あとはなすすべもなくカラビナにぶら下がるだけでした。まるで蜘蛛の巣に引っかかった小バエがぴくぴく動いているような光景でしたよ。でも無傷でした。親愛なるみんな、この光景に遭遇してわたしはあやうく発作を起こして心臓が止まるところでしたよ。それにもかかわらず、当のアレックスはその日のうちにもう一度飛行をトライする始末。さすがに今度は旋回さえできませんでした。疲れていたんでしょうね。暖かい大気のなか、屹立《きつりつ》している煙突を次々と避けながら体勢を維持するためには、たえず旋回していかないといけません。でも、それには両手にすごい負担がかかります。だから、その日は疲れてしまって断念し、下降して翼を畳んだのです。

それからしばらくの間は、インストラクターから借りた別の翼でトレーニングをこなしていました。でも、ふたたび自分の翼で飛ぼうとすると、以前、着陸が失敗したことも、旋回に手間取ったこともすっかり忘れてしまうのでした。

あの日、風は凪《なぎ》の状態で、おそらく秒速一メートルでした。にもかかわらず、斜面での飛行も試みなかったので、すぐに着陸すべく、滑空の体勢をとることになったのです。翼がたえず右に曲がっていたので、わたしはひやひやしていました。おそらく前回落下した際に、右のクロスバーとウイングチップが曲がってしまったのでしょうね。そのため、わたしは守護天使としてアレックスを助けるべく、翼が平らに飛ぶようにと、左側のバーに小バエほどもないわたしの体重をかけてバランスをとろうとしました。着陸の条件は理想的なものでした。ゆるやかな斜面になっている畑が前方にあり、障害物がまったくない場所でした。地上五メートルから七メートルの高さで木立ちの上を飛んでいたのですが、アレックスはまゆのなかの芋虫のように、飛行中、パイロットが入っている袋のハーネスから身体を出し、バーにつかまって懸垂の体勢をとりました。スピードが落ちないよう、すこしバーを引っ張ろうとした瞬間……あ……あっというまに。突然、右の翼がわたしたちの視界から消えたのです。それは百分の一秒に満たないあいだの出来事でした。翼はプロペラのように回転し、大砲からの発射があったかのように、三百メートル離れたところにいたアレックスの友人たちもひどい衝突音を耳にしました。バーに乗っていたアレックスの身体は曲がり、骨盤を骨折してしまったのです。

翼は斜面に裏返って横たわっていて、つなぎを着たアレックスは激しくもだえていました。すぐに装着具を外して、身体を動かそうとしました。手は問題ないようでしたが、自分の足で立つことはできませんでした。そこで、わたしは助けを呼びに出かけることにしました。たったいま起きたことをアレックスの友人たちの耳に囁くと、わたしの声を、目に見えないわたしの声を聞きとった人たちが、すぐに捜索に出かけてくれました。かれが病院に搬送されるまでのあいだずっと、もう飛ぶのはこれっきりにしようと、わたしはアレックスの説得を試みていました。

『人は、まず落下することを考えるんだ』復調するやいなや、アレックスは笑いながら言いました。『でもね、それは悪い結末だけを切り取って考えているにすぎない。はじまりを見てごらん。人間が肩のうえに自分の翼をもち、その翼には力がやどっているのを感じるはずだよ、単に斜面から下に駆けおりただけだとしてもね。空気中を下のほうへとゆっくりと滑っていくだけではなく、そのあたたかい空気の流れも感じるはず。アレクサンダー・フォン・フンボルトが温暖なメキシコ湾流を発見したのと同じように、ぼくらもその流れの発見者となるんだ。腕力だけで雲のうえまで上昇し、そして下界の景色を楽しむ。しかも、どこかの航空会社のプロのパイロットの世話になることなく、自分の力でだよ。これこそがあるべき姿なんだ。これがぼくが飛ぶ理由だよ』

そう、たしかに人間は、悲観的な視点から物事を見てしまうことがある、わたしはアレックスに賛同しました。だがすぐに、もはやかれの内なる声となっている守護神として、わたしはかれの耳に囁きました。『でも、アレックス、君の場合は、うまくいっていないそれなりの理由がある。ここ一年だけで、五回飛んだけど五回とも落下したじゃないか』

『悪い結末ばかりに目がいっているね。はじまりを見てごらん』アレックスが反論しました。『五回も、飛んでいるじゃないか』

そう、たしかにそうともとれる、わたしは説得を断念しました。アレックスが自分の理性の声に耳を傾けようとしないとき、守護天使の声にも耳を傾けることはないのです。アレックスには飛行する才能はこれっぽっちもありませんでしたが、心の底から飛ぶことを愛していました。落下の前に感じることができる空中の自由は、どんな苦痛にもまさるものだったのです。

それからというもの、アレックスがハンググライダーでどこかに飛行しに出かけようとすると、ラナーか、イェシュチェトか、ツクラークか、ジープか、行き先はわからないものの、アレックスの家族は緊急体制に入るのでした。落下する確率は百パーセントだったので、アレックスを車で追跡し、捜索に出かける警告が家族に出されていたのです。なかには、一風変わった落下もありました。

ある日、アレックスは川の水面に緊急着陸をする羽目になりました。高度が保てず、温暖な渦巻いた気流に巻き込まれ急降下してしまったのです。右側には高圧電流が流れ、左側には先の尖ったトウヒの恐ろしい森があったので、目の前にある水面に緊急着陸を試みました。ボートに乗っていた年老いた漁師の驚きようといったら、それは無理もありませんでした。両翼の長さが十五メートルもある百二十キロの翼竜が頭のうえに突っ込んできたのですから。

『たすけてー、たすけてー！』アレックスは漁師にむかって叫びました。だが、助けを必要としたのはむしろ漁師のほうでした。空飛ぶ怪物が頭上から落っこちてくるのですから。天使のわたしがボートとぶつかるすれすれのところで、どさっと身を投げ出してボートを押し出していなかったら、とてつもない速度で落下していたアレックスの矢のような翼は、漁師の身体を真っ二つにしていたことでしょう。そのあと、アレックスはカワセミのように水面下に潜ってしまったので、漁師が翼をつかみ、アレックスを水面に引きずりあげてくれました。アレックスはベルトをどうにか外し、岸までたどりついてつなぎを脱ぐと、今度は漁師とともに翼が水に沈まないよう、ふたりで泳いで救出に向かいました。

この出来事のあと、わたしはハンググライダー用の航空規則を入手しました。

そこには、飛行中、どちら側がいつ、相手側を避けるかといった記述がありました。操作性に優れた側が、操作性に劣る側を回避するという原則で、モーターを搭載した飛行機はモーターを搭載していない飛行体を回避し、モーターのない飛行体はパラシュートやハンググライダーを回避し、パラシュートやハンググライダーは気球や飛行船を避けるというものでした。航空規則には、どちらの方向から、どれくらいの距離で回避をすべきか、厳密に記述されていました。だが、ボートの漁師がハンググライダーを避けるべきか、ハンググライダーがボートの漁師を避けるべきかについての記述はありませんでした。そしてもちろん、ハンググライダーは飛んでいる天使を避けるべきか、あるいはその反対かについても言及はありませんでした。おそらくそのせいでしょう。すぐに落下しないように、わたしがハンググライダーの下で見守っていると、アレックスのハンググライダーが天から降ってくるかのように落下してくることがしばしばありました。

みなさん、わたしは何度も、苦痛を伴うあるじの落下をサポートしてきて、すっかり痩せこけてしまいました。というのも、こういった人間の守護天使になるのは、天使の能力を超えるものだったからです。わたしはまだ二百歳になったばかりですが、もう髪の毛に白いものが出てきました。運命の神が、飛びたいというこれほどまでの欲求をアレックスに授けたのに、飛行する才能をまったく与えなかったのは残念なことです。ですが、アレックスはというと、わたしの声を耳にすると、にやっとしてこう言うんです。『おまえさんは悪いほうばっかり見ている。いいかい、落下するんじゃないんだ。飛ぶことがなければ落下もないんだから』とね」

　その場にいた天使はみな、真剣な表情を浮かべながらうなずいて同意してみせた。アレックスのおかげで、天使エロヒームはもっとも仕事をしている守護天使となった。そう、エロヒームは過労気味の天使なのだ。

アフリカの周遊航海

Plavba kolem Afriky

聖タデアーシュ教会では、守護天使たちがミサ用のワインの新しいボトルを開け、見守ることを託された人びとの弱点や才能について語り合っていた。ただそこにいた天使のなかで、最高齢の天使サルヴァドルとミコラーシュのふたりはいつも黙っていた。ほかの天使たちは、このふたりの天使たちが異国の地の出身であり、もう何世紀ものあいだ、人間の面倒をみていないのを知っていた。けれども、その理由を考えたこともなかったし、話題にする人などもいないのだろうと思っていたのだった。だが、そのとき話をはじめたのは、その年長のふたりの天使だった。

「わたしたちが最後に見守っていた人たちのことを話すことにしよう。ヴァスコ・ダ・ガマ船長とフランシスコ・リベイロ教区司祭だ。ふたりが生きていたのは、十五世紀のポルトガル。葡萄《ぶどう》畑や山にめぐまれた内陸の地方だった。そこは、ワインを愛飲する者にとっては満足いく地だったが、ラムを愛する船乗り向きの場所ではなかった。だが、少年ヴァスコが授かった人生は、まさしく海のためにあった。ヴァスコは、教区教会の司祭フランシスコ・リベイロの説教に魅了されていたが、説教の中身はまったく理解できていなかった。司祭の話すことのすべてがあまりにも謎めいていて、ヴァスコの理解を越えていたからだ。

水の上を歩いた男は水をワインに変え、その男は王たちよりもはるかに絶大な力を誇っていたのに磔刑《たっけい》になったという話。司祭は、その男がはじめてパレスチナの地を歩き回り、かれの弟子たちは、世界のほかの場所をたずね歩いたことも話してくれた。わたしたちが認識するものより、実際の世界というのは、はるかに大きいものだと理解しなければならない、と。弟子たちは、地図で知られている場所の外にある土地にたどりついた。そこは最果ての地で、人間も動物、草木もすべて、わたしたちが知っているものとはあまりにも異なっていて、夢に見る幻想だけがその姿に近いものだった。進むべき道が水の上だったり、空だったり、地下だったとしたら、そこにずっと留まってはいられないだろうが、わたしたちはその道を進まなければならないのだ、と。

ヴァスコはこういった説教を子どものときから聞いていた。それゆえ、礼拝のとき以外にも教会を訪れては、船乗りになる夢を叶えるにはどうしたらいいか、説教のなかで司祭がどこかにあるはずだと述べた世界を発見するにはなにをすればいいのか、とフランシスコ・リベイロに質問を投げかけたのは、けっして不思議なことではなかった。

『こっちにおいで』司祭は幼いヴァスコを呼び寄せ、大きな図書室へ連れていった。天井まで本でぎっしりと埋まった巨大な書棚を少年は驚いて眺めた。人間が記した本の数に圧倒されたのだ。

『少年よ、おまえはこれを全部知らなければいけないんだよ』司祭は幼い少年に優しく声をかけた。

『でも、司祭さん、一生かかってもこれだけの本は読めないと思います』ヴァスコは司祭に答えた。

『試すだけ試してごらん。本を読まずに、いったいどうしたらほかの人が発見していないものを発見し、知られていないことを知ることができるんだね？』フランシスコ・リベイロは、少年に重要な質問を投げかけた。

『わたくしは本の虫ではございません、司祭さん』少年は、船乗りになったつもりで、軍人の口調を真似して答えた。

『やれやれ、いったいどうすれば』フランシスコ司祭は肩をすくめた。

『なら、本にはなにが書いてあるか説明してもらえますか、ドン・リベイロ』少年はふと思いついたことを口にした。『ぼくは知りたいんです。数多くの動物たちを乗せたノアの箱舟の大きさはどのくらいだったか。航海の最中、食べていたのはなんだったのか、世界が洪水となったとき、その水は甘いものだったのか、塩辛いものだったのか？　人間の力であれほどの舟を作ることがほんとうにできたのか？　質問はいっぱいあるんです。ぼくは船乗りになって、まだ誰も行ったことのない場所まで航海していきたいんです』

『わかった、本を読むのは苦手ということだな』司祭はうなずいた。『ならば、この地図帳をもって帰りなさい。地図ばかりで絵しかないから。一週間後にまた来なさい』

『ありがとうございます、司祭さん』少年はお辞儀をし、司祭の手に口づけをすると、地図帳を抱えて一目散に家に帰っていった。

ヴァスコは本の虫なんかになりたくなかった。遠海の探検旅行のために身体を鍛えるべく、闘ったり、剣を振り回したり、乗馬をしなければならなかったからだ。兄弟喧嘩の折には、地図帳を丸めて弟たちの頭をばんばんと叩いたりした。だが夜寝るまえ、ふと頁《ページ》をめくってみると、ヴァスコはその本に我を忘れるほど惹きつけられてしまった。地図の記述はあまりにも簡素なものだったので、もっと知りたいと思ったのだ。そして、生まれ故郷を離れ、リスボンの船員学校に通いはじめるころには、ヴァスコは文字通り本の虫となった。

航行中の船内に本を置く場所などなかったので、本の知識はすべて頭のなかに叩きこまなければならなかった。書物の知識をたずさえたヴァスコは、喜望峰にたどりつき、さらにインドまで到達したのだった。未知の地への航海だったが、航海には聡明なる恩師のフランシスコ・リベイロも呼び寄せていた。

そのころ、司祭は痛風に悩まされていた。老いを感じ、身体が病魔に蝕まれているのを感じていた。司祭が若かったころに比べると、時代は様変わりしていた。新しい発見や新しい考えは、海上や乾燥した地、そして地下でも、まだあるという司祭の大胆な説教を裏付けてくれたが、古い世界の規律を守ろうとする宗教裁判は、新しい時代という意識を警戒し、司祭が神に対して犯した罪は死刑に相当するものだと捉えていた。教会にしてみれば、遠方の旅やその地での体験を語るリベイロ司祭の説教は、目にはいった棘《とげ》のようなものだった。みなから愛されていた司祭は審問を受けた。リベイロ司祭に敵対する者たちは、教会に対する背信行為を立証できなかったが、ドン・フランシスコは自らの病によって憔悴しきってしまった。

海軍提督となり、髭をたくわえていたヴァスコ・ダ・ガマは、来たるべきときが到来したら、恩師をかつての教区や図書館から引き上げさせ、発見の航海へ招《しょう》聘《へい》しようと考えていたが、それはもっともな行為だった。航海日誌には教区司祭リベイロが伝道師として記載されている。

病に伏した司祭は滑車を使って船内に運ばれ、それからふたりの船員によって船室に連れて行かれた。

『ヴァスコ、お前はまだ、父祖ノアのことで悩まされているようだな』提督が様子を見に来ると、病の司祭は小さな声で言った。『このカバに、救いの手を差し出そうとしているのだから』痛風にかかった司祭は、膨れあがりクリームのように白く冷たい足を見ながら言葉を発した。『宗教裁判で火あぶりになっても、うまく焼けはしまい。そうだろ、ヴァスコ。痛風のせいで、水だらけだからな』司祭は囁いた。

『医師を連れてきます』ヴァスコは病人をなだめようとした。

『いや、司祭を頼む』フランシスコは言い放った。『心配しなくていい、今すぐあの世に行くというわけではない。ただ心が痛むのだ。懺悔をしたいのだ』

『承知いたしました』提督は答えた。

甲板からギターの音色が聞こえてきた。うえで誰か歌っていたのだろう。出航する前に何度も耳にした、あの愛する歌の言葉を司祭が聞いて悲しくならないようにと、ヴァスコ・ダ・ガマは船室の窓を閉めようとした。だが病人は首を振った。

『この歌は聞いたことがない、ヴァスコ、窓を開けておくれ。聞いていたいんだ』小さな声で言った。

そしてふたりは目を閉じて、船室の窓に耳をかたむけた。

塩っぱい涙を流す海よ、なんでそんな涙をぼくになめさせるのかい

わかっているさ、距離はなにも意味しないから

『世俗の歌か?』歌手が歌い終えると、間髪をおかずに司祭はたずねた。

『そうです』提督は答えた。

『ヴァスコ、司祭は呼ばなくていい。代わりに、あの歌手を連れてきてくれないか』フランシスコ・リベイロは懇願した。

二時間後、積荷をいっぱい搭載したヴァスコ・ダ・ガマ提督の大型船は出航した。提督と歌手を除き、船内に死者がいるのを知っている者はいなかった。それは悪い前兆だったからだ。船員たちは怒ってしまうにちがいなかった。死者とともに、未知の地へ航海することなど望まないからだ。

『遠方の広い海に出たら、船員の仕来りに則《のっと》って司祭を水葬しよう』提督は歌手に告げた。『もしこの一件を黙り通してくれるのなら、大陸を発見した見張り番の船員と同等の報償を授けよう』

『承知しました』歌手は小さな声で答えた。

船は、アフリカ近海で新しく発見された航路を通って、西インドに連なる航路をとっていた。

さて、この話のなかで、わたしたち天使が果たした役割は、いったいなんだったのか？」年老いたふたりの天使たちは、疲れた表情を見せながら聴衆をちらっと見た。

「ごくわずかなものにすぎん。新しい時代が到来し、人間は運命を自分の手のもとにたぐりよせるようになり、わたしたち天使ではなく、自分たちが不滅の存在であるかのように振る舞うようになったのだ。わたしたちふたりの天使が見守っていた人間のうちひとりは、宗教裁判の迫害や病からも逃れることができず、もうひとりは、嵐、空腹、壊血病、怒った乗組員たちとも戦わなければならなかった。だが、あのふたりは、ともに栄えある勝利を収めた。六世紀が経った今でもなお、わたしたちはあのふたりにこのうえない称賛の念を抱いている。それゆえ新しい人間を見守ることを断っている。ヴァスコ・ダ・ガマや司祭フランシスコに比肩できうる偉大な人物が、ひとりとして現れるとは思えんのだ」

あるじを裏切った天使

Anděl, který zradil svého člověka

「わたしは、あるじである人間を裏切ってしまいました」守護天使フィリップはこう話を切り出した。

バロック様式の聖タデアーシュ教会での、夜の会合に出席していた天使たちはみな、驚いて息をのみこんだ。見守るべき人間を見放した守護天使のことなど、これまでに聞いたことがなかったからだ。

「そう、わたしは裏切ってしまったんです」天使フィリップは頭を振った。「とても恥ずかしく思います。みんなは、わたしを許してくれるでしょうか?」

事情が呑み込めないまま、天使たちは首をひねった。かれらの想像力では、相手を裏切らざるを得ない状況に追い込まれた理由が想像できなかったのだ。

「詳しい話を聞かせてくれんか」天使アブラハームが声をかけた。

「ことの顚末はこうです。わたしのあるじは双子のひとりでした。天使ラファエルと一緒に産院へ飛んで行き、使命を託されてはじめてペトルとパヴェルを目にした日のことは忘れることができません。今、みなさんが想像しているように、わたしたちも双子は見分けがつかないほど似ているんじゃないかと思っていました。ペトルだろうと、パヴェルだろうと、託されたひとの一生の面倒をみるという自分に課せられた課題に、わずかな疑いもありませんでした。ですが、わたしは間違っていたのです！

上空を友人の天使と飛んでいるとき、かれがたずねてきました。『ペトルがいいかい、それともパヴェルかい？　きみが好きなほうを選んでいいよ』――『じゃあ、ペトル』わたしは答えました。これで決定でした。

わたしたちは父親とともに、双子と母親がいる部屋に入りました。父親も子どもたちに会うのは初めてでした。幸せいっぱいのお母さんは、黒髪で黒い瞳とぺちゃんこの鼻をしたふたつのかたまりを誇らしげに見せました。それはまるで、アジアの小さな子どもたちのようでした。ふたりの兄弟は見分けがつかないほど本当に似ていたのですが、なぜか、そのうちのひとりにだけ、目がいってしまいました。おそらく、もうひとりの兄弟が持ち合わせていない、小さな炎のようなものを表情に浮かべていたからでしょう。数分ばかり年上で、この世界に一早く生まれてきた先駆者の意識を持ち合わせていたのかもしれません。なぜかはわかりませんが、この子どもは、誇らしげな父親をも一目で惹きつけてしまったのです。

お父さんはこの子を指差しながら、興奮した様子で囁きました。『ペトルだね?』そうそう、わたしは心のなかで言いました。もちろん、ペトルだよ。ペトル以外の何者でもないよ、と。ですが、双子の母親は首を振り、こう言ったのです。『パヴェルよ』

わたしはがっかりしてしまいました。天使ラファエルは託された子どもの頭をそっと撫で、励ますようにわたしに笑みを投げかけました。わたしはもうひとりの双子、ペトルのほうに近寄っていきました。ですが、依然として、幸せな同僚のほうに目がいってしまいました。ああ、かれに託された子どもをどれほど妬《ねた》ましく思ったことでしょう。どうして、自分が担当する双子を名前で決めるというばかげた選択をしてしまったのか？　人間の一生涯、守護天使として仕える人が、単なる偶然でなぜ決まってしまうのか？　単なる名前の選択だけで？　なぜ？　わたしは自問しました」

「偶然というものはない」天使アブラハームは天使フィリップに言った。「それは試練というもの。運命が選んだ人を愛することを学ぶよう、毎日おまえは試されているのじゃ」

「正直に話しますと、わたしはそういうことを悪しき方法で学びとることになりました」天使フィリップは頭を下げた。「わたしにとって不都合だったのは、双子のペトルとパヴェルが一日中ずっと一緒にいたということです。家でも一緒に遊び、幼稚園でも学校でも、双子は離ればなれになることはありませんでした。そのため、わたしの目はついパヴェルに、産院でわたしを魅了したあの幸せな少年のほうばかりにいってしまうのでした。はじめのうちは、わたしと天使ラファエル、そしてわたしたちが見守っているふたりが一緒にいるのはきわめて自然なことのように見えました。パヴェルが砂場でひざまずいたり、よちよち歩いているときに、倒れたり、あざをつくるよりも早くわたしがパヴェルを助けたのも、ラファエルにしてみれば不思議なことではありませんでした。近くにいる守護天使が助けているように思えたからです。ですが、実際のところ、わたしが責任を負っているはずのわがペトルよりも、わたしはかのパヴェルに近いところにいたのです。そのため誰も気がつかないうちに、幸せな双子パヴェルはふたりの守護天使に見守られ、わがペトルには、守護天使がひとりもいないという事態になっていたのです。

双子がジャングルジムで遊んでいるとき、落っこちるのはパヴェルではなく、ペトルでした。スキーに行っても足を骨折するのはペトル。学校での試験の際、問題に恵まれたのはいつも双子の一方でした。誰かわかりますか？　もちろん、パヴェルです。

そして年月が流れ、少年たちも成長していきました。ふたりの守護天使がいた少年はありあまるほどの幸せに恵まれ、スポーツ、学業など、手を出したことすべてにおいて成功を収めていました。わたしのペトルはといえば、まったく運に見放されていました。あらゆるたぐいの不幸と不運がのしかかるのは決まってペトルのほうでした。しまいには、起こるべきことが起きてしまったのです。わたしの双子のペトルは高校に入学すると、成功を収めてばかりいる兄から距離を置くことを決意したのです。もうパヴェルの影にとどまりたくはなかったのです。幸運の兄が成功していくかたわらにいると、失敗が際立ってしまうからです。

見知らぬ町のどこかほかの学校に転校したいと、ペトルは両親に主張しました。『もういちど、ちゃんとはじめたいんだ。自分ひとりで。順風満帆の兄貴のいないところで』ペトルは両親に言いました。『おれはずっと二番手に甘んじるつもりはないことをみんなに証明するんだ』と。

お母さんは涙を流し、パヴェルは説得を試み、お父さんは悲嘆に暮れましたが、誰もペトルの意思を翻《ひるがえ》すことはできませんでした。

天使ラファエルはわたしのほうを咎《とが》めるようにじっと見ました。『かれをとめられるとしたら、優秀な守護天使だけだろうね』そう言って、わたしを非難しました。ラファエルは、わたしのペトルがこんなに失敗を繰り返している原因はどこにあるか、突如として理解したのです。

わたしは黙り込みました。反論などできる訳がありませんでした。ただ、うしろめたい気持ちで一杯になりました。そこで、これからはパヴェルのことを見ないで、自分のペトルだけを懸命に世話すると約束したのです。初めのうち、わたしは約束を実行していました。初めの数カ月、わたしのペトルは新しい町の新しい学校での生活にとけ込んでいるようでした。わたしも、これまで十分に働いていなかった分を取り返そうと懸命に働きました。ですが、ある晩、窓際に坐り、パヴェルのいる遠くを見霽《みはる》かしていたとき、わたしは思わず翼を広げ、かれのもとに飛んでいったのです。

天使ラファエルは戻るようにと、わたしを非難したり脅したりしましたが、わたしを翻意させることはできませんでした。唯一、わたしを追い払うことができたのはパヴェル本人でしたが、かれは、わたしたちのことなど知る由《よし》もありませんでした。自分が享受している幸せは偶然のおかげだと考えていて、ふたりの忠実な守護天使に見守られていることなど、つゆほども想像していなかったのです。

わたしのペトルは見知らぬ町で没落していきました。天使に見放されたかれは、悪い仲間にひっかかり、ドラッグに手を出したのです。恐ろしい知らせが両親と兄のもとに届きました。そして、パヴェルが弟を救うべくかれのもとへと向かったのです。

『いったい、どうしたんだ？　ぼくと話をしてくれよ、お願いだ。なにか手助けできることはあるかい？』双子にたずねました。

『おまえとなんか口をききたくない。おれからすべてを奪い取ったじゃないか。守護天使までも』ペトルはパヴェルに向かってがなりたてました。

こいつは幻覚を見ている、ドラッグのやりすぎだ、パヴェルはそう思いました。そればかりか、天使たちを見たとまで言っている、と。

『いや、そうじゃない。ドラッグ中毒なんかじゃない』ペトルは叫びました。

『いつの日か、言わなければと思っていたんだが、いいかい、君にはふたりの守護天使がいるんだ。だから幸せなんだよ。自分の天使ばかりか、おれの天使もついているんだ。おれが言っていることを信じるかい』

『わかった、わかった』パヴェルは弟をなだめました。そう、たしかにドラッグ漬けになっている。だが、信じているというそぶりを見せながら話さないといけない、と思ったのです。『ぼくができることはなんだい？』パヴェルはペトルにたずねました。『どうやったら、手助けができる？』

『天使をひとり返してくれ』ペトルは懇願しました。

ふとパヴェルは自分の背後に誰かが立っているような気がしました。しかも、ひとりではなく、ふたりの影があるのを感じたのです。振り返ってみましたが、誰もいませんでした。それでも話しかけてみました。『ねえ、そこに天使がふたりいて、一緒になってぼくを幸せにしようとしているのかい？　それが本当だとしたら、弟がこんなに不幸になっているのに、ぼくだけが幸せなんかになりたくない。聞こえているかい？　君たちのうちひとりが、守護天使ができる最良のことをしてくれればいいんだ。ぼくの弟と一緒にいてほしいんだ。ぼくの言うことを聞いてくれないのなら、もう君たちのことをぼくは信じない。そう、もし君たちが存在しないのなら、ぼくは弟と一緒にいる。永遠に。だって、ぼくは弟が好きなんだ』

わたしは涙を流していました。涙で先がまったく見えませんでしたが、わたしは弟のほうに行かなければならないのがわかっていました。パヴェルは人間でしたが、天使であるわたしよりもはるかに賢明でした。わたしはパヴェルのもとを離れ、自分のペトルを裏切ってはいけないと思いました。ですが、ふと気がつくと、天使ラファエルがわたしの手を握っていました。

『お別れだよ、フィリップ。ぼくがいくよ。君はパヴェルと一緒にいるんだ。そうすれば、すべて丸くおさまるよ』ラファエルはペトルの頭上に飛ぶと、そっと頭を撫でました。ペトルがもう一度生まれなおしたかのようにそっと撫でました。わたしは、そこにいるすべてのひとを称賛しました。わたしたちの姿を見ることができたペトル、みずからわたしのもとを離れたラファエルと心の広いパヴェルのふたりを」

天使たちはフィリップを見つめた。「話してくれてありがとう。わたしたちにもまだ学ぶべきことはあるようだ。同じことを繰り返さぬように、君はわたししたちを救ってくれたんだ。お願いだ、フィリップ、今度は天使ラファエルを連れてきておくれ。ぜひ知り合いになりたいものだ」

Ⅱ　摩訶不思議な旅

II. Podivuhodné cesty

シャム双生児の物語

Siamský příběh

自分の目で見るまでは、なにも信用しないという人たちがいる。こういった人たちに仕えるのは避けたほうがいい！　そういった人たちには、プラハのあるバロック様式の教会の聖具室で、毎晩、守護天使たちがすこしおしゃべりしようと、空から飛んできては坐った途端にキーキーと音を出す虫に食われたベンチに坐り、肘《ひじ》をつき合わせてなにやら熱心な身振りを交えながら話をしているのを信じてもらう必要はないだろう。目に見えない存在なのだから重さなどないはずなのに、巣をつくろうとして一カ所に集まる肥えた鳩と同じくらい大きな音を天使たちは出している。まるで、天使と鳩は翼のある仲間同士だと言わんばかりに。

信じる気のない人たちの耳に、守護天使たちが見守る人びとについて話しているのが聞こえたとしても、そういう人たちはおそらく信じようとはしないでしょう。

みなさんは守護天使の翼が頭上ではためくのを感じたり、日中でも夜でもあなたのことを考えてくれている天使がいるのを知っていらっしゃいますよね。ご存じのかたには、姿をお見せすることはできませんが、奇跡にまつわるお話を喜んでさせていただきたいと思います。あなたを見守る天の守護者が、あなたが眠っているあいだに話してくれた物語です。

そう、新聞でも話題になった、あの双生児のお話をしましょう！　この話を耳にしたとき、わたしの心臓はばくばく言うほど高鳴りました。ベンチに坐った天使たちに向かって、あのふたりの天使が、卵のようにそっくりで同じ声の双子の天使たち、ユリウスとマクシムのふたりが話してくれました。さあ、耳をそっと傾けて……！

「ぼくたちが産院のロビーに到着したときはまだ、ぼくらふたりに似ているところは、まったくありませんでした」マクシムが話をはじめた。「火と水くらい、異なっていたんです」ユリウスが補足した。

守護天使ユリウスとマクシムのふたりは、新しいパートナーが出てくるのを待ちかまえていた。ふたりの目にまず入ったのは、顔が青ざめた、お腹の大きな女性だった。女性は声を上げ、汗が頬を流れていた。枕元には白衣の男性が腰かけ、彼女の手をしっかりと握っていた。その男性の守護天使は頭上にいて、同僚を激励するかのようにウインクをした。母親の天使はどこか不安で落ち着かない様子だった。

そればかりか、医者と看護婦たちもどこかそわそわしていた。なにか尋常ならぬ事態が生じていたのだった。

「ぼくは長男のほうだ、君のほうより力があるぞ」マクシムは誇らしげにぽんと胸を叩いた。「双子の長男はいつも強いんだ」

筋肉の代わりに弁才に恵まれていたユリウスは、スポーツ選手のマクシムに皮肉のひと言でも浴びせようとしたが、そのときばかりは黙っていた。

産婦人科医の手を借りて母親の身体から出てきたのは、ふたつの頭が後頭部のところでひとつになっている双子だった。ひとつになっているふたつの身体を見て、天使は天使らしくない言葉で迎えてしまった。

マクシムはおもわず叫んだ。

「ま、まさか、あ、あ、ありえない」

そう、誰の目にも明らかだった。生まれてきたのはシャム双生児だった。長男もいなければ、弟もなかった。ふたりは頭と背中で結ばれていた。おたがいの顔を見つめあうことはなかったが、同じ考えが同じ脳を駆けめぐっていた。イヴォとイヴァン、さらにふたりの頭上には聡明なユリウスと筋肉質のマクシム。

「好むと好まざるにかかわらず、ぼくたちは、日を追うごとに身近な存在になっていきました」まるで同じひとつの口でしゃべっているかのように、ふたりの天使は異口同音に話した。

「ぼくたちを結びつけたのは、ひとつの共通の関心事です。いつの日か、兄弟の身体をふたつに分けるというものでした」

シャム双生児の両親は、その高額な手術のためにできうるかぎりの資金を集めた。しかし年月はあっというまに過ぎ、十分な金額を集めることはできなかった。気を落とした両親は喧嘩をしたり、おたがいを罵り合ったりするようになった。双生児のふたりと天使ふたりの結束が強くなればなるほど、両親のあいだの距離は遠いものになっていった。

しまいには両親が離婚する日が訪れてしまった。そのとき、イヴォとイヴァンは十一歳。シャム双生児は頭を一緒にして考える必要はなかったが――というのも、つねに一緒だからだ――事情をよく呑み込めなかった。だが、頭と脳が一緒になっていたとしても、大人たちがすることで、子どもの頭では理解できないことがたびたびある。

「親愛なる天使諸君」ユリウスとマクシムは話を続けた。「手術費用をぼくたちで集めることにしました。どういうことかというとね、ぼくらの存在なんてこれっぽっちも考えたことのないお金持ちや権力のある人たちの夢のなかに入り込んだのです。そして、かれらが朝目覚めると、突然、見たことのないような出来事が目の前で起きる。すると、これまで誰にも手助けしようとしなかった人たちが、兄弟のための手術費を捻出してくれたのです。もちろん、かれらの守護天使たちも手助けしてくれました。かれらがいなかったらなにもできなかったと思います」

そして、ついに、シャム双生児の兄弟が、病室の大きなベッドで背をむき合わせて寝る日がやってきた。小児病棟の子どもたちはみな、兄弟を一目見ようと集まってきた。

「ぼくたちは、《トリック兄弟〔チェコアニメの制作スタジオの名称。兄弟が同じTシャツを着ているのがロゴマーク〕》だよ」双子の兄弟は幼い患者たちに自己紹介をした。

「あ、映画を撮っていた人たちだ、いつもおとぎ話の最後に出てたね」子どもたちは思い出した。「てっきり架空のものだと思っていたよ」

「ぼくらもシャム双生児なんだよ……」イヴォとイヴァンは言いたした。

「ねえ、うちの家にシャム猫がいるの、全身が青くて、もうすぐ子どもが生まれるの。代わりに飼ってくれないかしら？　飼い主が見つからなかったら、溺死させるってお父さんが言っているの」幼いクラールカが思い出したように言った。

「溺死？　そんなことはありえない。ぼくが飼うよ」——「ぼくも」イヴァンとイヴォが声を大にした。

医者が明かさない秘密がどういうものか、かれらはよくわかっていた。つまり、生き残れるのは、どちらかひとりだけになるということを。もうひとりは脳の大事な部分を相手に与えるので、守護天使をもってすら手助けできないとされていた。

だから、シャム双生児の猫の運命を聞き、これほどまでにふたりは動揺したのだ。この惑星で生き延びたいと思っている、すべての生きとし生けるものの側にふたりはいたのだった。

手術の日、かれらが生まれた日と同じように、両親、守護天使が全員そろって立ち会っていた。手術は成功し、ふたりの少年はともに生き延びることとなった。麻酔から覚めたふたりは、それぞれのベッドのうえでおたがいの姿をはじめて目にし、どこか不思議なターバンを頭に巻いているのを見てげらげらと笑った。

「笑わないでくれよ、このバカ！　でも、一緒にいてくれてうれしいよ」イヴォは真剣な表情を浮かべた。

「そう、たぶん、脳の中身がすくないから、ぼくのほうがバカなんだよ。笑いが止まらないよ、ごめんよ、兄弟」イヴァンは笑い続けた。

「守護天使のぼくたちの目にも思わず涙が流れ、そこにいた両親同様、ぼくたちも抱き合いました。

奇跡が存在するというのはわかっています。けれども、この出来事はぼくたち天使にとっても多くのことを教えてくれました。

子猫たちはというと、ニャーと鳴きながら、ビロードの背を双子の足元にこすりつけ、トリック兄弟は回復したので、医師はかれらのターバンを外しました。ふたりの身体はこれで離れましたが、ふたりの頭には依然として同じ考えが浮かんでいました。どちらか一方の頭が悪いわけではありませんでした。そればかりか、初めはまったく違う性格だったぼくたち、天使のユリウスとマクシムも、しまいには卵のようにそっくりになってしまいました」

聖具室にいた天使たちが、話が終わって拍手をすると、びっくりした鳩が、街の上空の屋根窓のほうに飛んでいった。上空では空が白みはじめ、ブラインド越しに、そして夢想家のまぶた越しに、シャム猫の瞳くらいの大きさの人の像に光が差した。それは奇跡を見ることのできる、瞳をしかと見開いた人の像だった。

宇宙訓練

Kosmický výcvik

夜になると、バロック様式の小さな教会ではあたり一帯を静粛が支配し、奥の聖具室では奇跡的な出来事が起きている。いくつもの翼がざわめき、埃を舞い上がらせながら天使たちが着地する。ベンチは目に見えないお尻のせいで摩耗している。ミサ用ワインのグラスを手にして乾杯をしているのは、天使アブラハーム、ベンヤミーン、エロヒーム、ガブリエル、ヨナターン、そして片時もたがいを離れることのないユリウスとマクシム、つまり今日の仕事を終えた守護天使たちだった。

かれらが面倒をみている人間は、今ごろベッドのうえで安心しきって歯ぎしりでもしているのだろう。そのあいだ、天使たちは自由なひとときを思う存分に満喫することができる。人間は仕事を終えると、日中の出来事、つまり仕事のことをよく話題にする。守護天使たちも、そういう話を聞いて楽しんでいる。天使が話すのもまた、自分の愛する人のことばかり。オムツから臨終まで、ずっと寄り添っている人びとのことだ。

信じてくれようがくれまいが一向にかまわないけれど、その晩、聖具室で歓待を受けたのは、高名な研究者の天使ノルベルトとザーヴィシュだった。かれらは、パートナーのおかげで宇宙訓練を終えただけでなく、天使たちのふるさとである星へ飛行してきたのだ。一握りしかいない宇宙飛行士にめぐり逢うことができた天使だけが、すこしのあいだ星に帰還できるのだった。

ノルベルトとザーヴィシュは幸運にめぐまれていた。ヴラージャとアレクセイというふたりの少年たちが夢を叶え、同時に天使たちの夢も実現されたのだ。そう、パイロットになったふたりの少年の願望は日増しに大きくなり、ある日、宇宙飛行士の訓練のための申込をした。

天使たちは、超音速戦闘機の機内での何百時間におよぶ飛行体験について話してくれた。加速時には工作用粘土のように機内の壁に叩きつけられ、パンケーキのようなみっともない姿になりながら、重力がこれ以上かからないようにと祈っていたそうだ。ほかにも、バレルターンや宙返りをどうやってこなしたかを、身振りを交えて説明してくれ、戦闘機のパイロットの頭上で翼を守るのは髪が白くなってしまうほどの責任を感じていたそうで、髪を染めていなかったから、とうの昔に老人と勘違いされてしまっていただろうとも話してくれた。

天使たちがパートナーの身体のなかに入り込み、モスクワ郊外のスターシティで一緒に過ごすこともあった。海面での着陸訓練を行なったときなど、着陸用モジュールが浸水し、あやうく溺れかけたことがあった。そのとき、天使ノルベルトとザーヴィシュは、冷たい水のなか、それぞれのパートナーに口移しの人工呼吸を行なっていたのだという。

事故検証委員会の報告では、モジュール内の気泡がたまたま運よく残っていたので、潜水夫が救出に到着するまでのあいだ、宇宙飛行士が生存することができたとあったが、守護天使たちはその報告を一笑に付していた。

「われらの宇宙飛行士が無重力状態を体感するために、大西洋上でボーイング機を急降下させるトレーニングを実施した際、パイロットが一瞬気を失ってしまったのです。わたしたち天使はみな、汗をたらたらと流し心配しましたが、パイロットがどうにか意識をとり戻し、機首をあげたということもありました」目を見開いて聞き入っている聴衆に向かってノルベルトとザーヴィシュは解説した。

そして、ついにヴラージャとアレクセイのふたりが宇宙へ出発する待望の日がやってきた。ぶかっこうな宇宙服に身を包んだふたりは、笑みを浮かべながらカメラのレンズに手を振り、シルバーの巨大ロケットの操縦室のある上方へと運んでくれるエレベーターに乗り込んでいった。

「わたしたちは宇宙服を着なかったので、宇宙旅行に出発した天使を目にした者はひとりもいなかったでしょう。パートナーと同じ訓練をこなし、髪が白くなった不滅の天使がふたり同乗していたのですがね。無重力、加速、重力をすべて飛行士と同じように体験しましたよ。チューブ状の食物だけは手を出しませんでしたが……。

そして、宇宙センターではカウントダウンが大きな声ではじまりました。

『5……4……3……2……1……発射!!!』

ロケットのシルバーの機体は噴出口から炎を放ったかと思うと、発射台、地上、雲がとてつもない速さでわたしたちの視界から消えていきました。

すごい速さで大気圏外に出たかと思うと、下段のロケットが切り離され、しばらくすると、地球を周回する軌道に乗るために旋回をしました。地球は、愛想のいい一つ目の巨人キュクロプスのように丸窓の向こうからわたしたちを眺めていました。ヴラージャとアレクセイは、わたしたちの近くに輪っかを投げたり、宙に舞うペットボトルの水滴を手でつかもうとしたりしていました。わたしたちもまた無重力状態のなか、気が狂うほどピルエットをしていましたが、宇宙センターの職員で、天使に気づく者はいませんでした。テレビ画面越しに世界中の人びとが注目していたのは、ペナントを手にもった、不思議な格好をしたひとだけだったからです。

『いち、にの、さーん！』わたしたち天使もジャンプをして、宙でターンをしました。

本当の無重力状態は、落下する飛行機内のつらい一瞬とはまったくの別物でした。気がつくと、わたしたちもまた無重力状態を楽しみ、満喫していました」

「宇宙から見る地球は、美しいね！」ザーヴィシュが言った。

「ここからなら、ぼくのハートのある星に近いな！」ノルベルトは同意するようにうなずいてみせたが、無重力状態でうなずいたので、くるくると回転してしまった。

だが、下界の宇宙センターでは騒動が起きていた。

「こちら、地球、こちら、地球。今、話しているのは誰だ……？　答えるんだ!!」ペナントを手にしてポーズをとろうと、歯を出していた宇宙飛行士にたずねた。

大変なことだ！　宇宙飛行船の機器はものすごく敏感だったので、天使の声まで記録したのだ。

「パートナーとともに地球を二周し終えたころには、わたしたちの声や翼の羽根の音がすべてのセンサーに録音され、地上の人びとは空のほうをじっと見つめ、モニター上の出来事を見守っていました。まるで裸にされたようでしたよ。かれらは、わたしたちの声を耳にしたばかりか、ひょっとしたら目にしたかもしれない、そう思うとね。

わたしたちの姿が目に触れることがなかったのは、ちょっとした出来事のおかげでした。宇宙の最先端を走る宇宙技術の専門家たちは、軌道上にいる宇宙船の船内で宇宙飛行士以外に息をし物を投げ話をしているのは誰か、突き止めようと、宇宙船めがけて宇宙のゴミを衝突させ、反応を見ようとしたのでした。《さまよえるオランダ人》よろしく宇宙をさまよう、ひとの乗っていない宇宙船が何隻もあり、それは生命を脅かすガラクタなのです。

ですが、天使の声に興奮しているナビゲーターたちは警戒を怠り、十分な監視をしていませんでした。もし、わたしたちが全力で宇宙船を傾け、宇宙のゴミを回避しなかったら、ヴラージャとアレクセイは今ごろあの世に行っていたと思いますよ。

ああ！　幸運な帰還を経て、ふたりはこう語りました。宇宙のゴミを数十メートル先でよけることが出来たあの瞬間、ぼくたちはもういちど生まれなおしたのだとね。

そっと告白してくれたんですが、かれらもまた無重力状態のなか、自分たちだけではないと感じていたようです。誰かとても近しいひとが一緒に宙を舞い、飛行していて、自分の目でしっかりとふたつの影を見たと言っていましたから。

けれども、専門家たちは、かれらの発言を収録した報告書を《秘密厳守》と書かれたディスクのなかにしまい込んだため、誰ひとりとして、守護天使たちがパートナーとともに宇宙を制覇した事実を知る者はいないのです」

天使ノルベルトとザーヴィシュは、話を聞いていた仲間たちに、一枚の写真を差し出した。宇宙船のなかで四人が浮いている写真だったが、そのうちふたりは白い翼を身につけ、長い白い髪をのばしていた。

幸運の子ども

Dítě šťastný

夜の帳《とばり》が下りると、プラハのバロック教会内の聖具室では、ほとんど奇跡ともいえる客人たちがつどっている。四方から守護天使たちが舞い降りてきて、ミサ用ワインの聖杯のうえで、見守っている人間たちのことを話している。物理的な身体のないかれらの姿は目にすることはできない。けれども、色鮮やかな色彩感覚とともに、かれらのことを描いてみようと思う。というのも、かれらのカラフルな語りと天使の声はすべてを白日の下《もと》にさらすからだ。

たとえば、昨晩話をしてくれたのは、みなから尊敬されている天使ボフダンだった。ルドルフ皇帝や錬金術師たちを知っている天使のことを想像してみてごらん。雪のように白い翼があり、矢車草のように青々とした瞳をして、背の高いすらりとした存在が、何世紀もの深みから、かつて見守っていたレンベルクのカレルを見つめながら、かれのことを物語る様子を。

ボフダンの物語は文字通り、にわかに信じがたいものだった。

「みなさん、そのとき、わたしは乳母のようにぐっすり眠りこけていたのです」ボフダンは話をはじめた。「ルドルフ二世治世下の十六世紀のプラハのことでした。わたしが見守るべき子どもは、錬金術師の叔父が準備していた煮えたぎるかまのなかに落っこちてしまったのです。それにもかかわらず、幼いカレルはぐつぐつと煮られることなく、ぴんぴんとした状態でかまから生きて出てきたのです。奇跡というほかありません！」

そこにいた天使たちはボフダンを注視した。誰もが心の底から奇跡を願っていた。

天使ボフダンの目はきらりと輝いた。

「それからというもの、一時たりとも少年から目を放さないとわたしは決意したのですが、この落ち着きのない少年は、幸運にめぐまれた不老不死の子となったのです」

ボフダンは天使たちにその証拠を見せた。新聞の切り抜き記事を広げると、社会面の記事で火事や遭難、火山の噴火などだったが、炎のような髪と輝くような瞳のあの少年がすべての記事に載っていた。大昔の記事であろうと最近の記事であろうと、昨日の記事であろうと二百年前の記事であろうと、すべての記事にあの少年がいて、身近な人びとを救出していた。見出しはすべて、《幸運の子ども》と大文字で書かれていた。《肉と骨のある守護天使》という見出しもあった。

「かれが乗っていた飛行機は、幸運にも、ニューヨークのハドソン川に不時着したのです。かれはまるで至高の存在でした――わたしたち守護天使と同様に。あるとき、突然声をかけられたとき、そのことを理解しました。

わたしのことをはっきりと目にしていて、対等な素振りをしたのです。

そればかりか、わたしを任務からしばしば解いてくれたんです。ぼく自身が自分の守護天使なんだ、とかれは言っていました。それだけではなく、近いひとすべての天使になることもできるんだ、と。かれの周りには、かれに保護者となってもらいたくてお金を払おうとするひとが後を絶ちませんでした。そう、かれはひと財産稼ぐこともできたのです……」

天使たちはざわめき、ボフダンは白髪の頭を振った。

「そう、そう……守護天使に暇を出すってどういうことか？　人間があるじになり、天使が雇い人になるとはいったいどういうことか、という疑問がありますよね。

かれの背後を影のように飛ぶことはなくなりましたが、かれがたどる運命はどういうものか、遠くから見守っていました。ですから、こういった切り抜き記事を持っているんです。ですが運悪く、ある日、この記事が好ましくない人びとの手に渡ってしまったのです。

軍の諜報部が誘拐をもくろみ、かれを軍事目的に利用できないかと企んだのです。

高い壁と有刺鉄線で囲まれた完全監視の建物に拘束された状態で、秘密の実験が行なわれました。結果は驚愕すべきものでした。ロケットが撃ちこまれたタンクのなかにかれが坐っていたのですが、かすり傷を負わなかったばかりか、そこにいた全員が生き延びたのです。

そう、部隊にかれをひとり置いておきさえすれば、それで十分でした。空爆の爆心であっても、かれがいれば、ひとりの犠牲者も出なかったのです。

トップシークレットのプロジェクト《人間の盾》を検討するため、司令部では上官たちが秘密裏に会合を重ねていました。

悪魔がかれらと結託したにちがいありません。というのも、かれらは、わがカレルを爆心に置いたまま、原子爆弾の地下実験を計画したからです。わたしが見守るべき人間に対して、四世紀前、わたしの不注意のせいで錬金術師のかまに落ちてしまったあの繊細な人間に対して。

そのとき、カレルは、天使の郵便、つまりテレパシーを用いて、絶望的な知らせをわたしに伝えてきました。かれがＳＯＳを発すると、わたしのこめかみが痛くなりました。わたしは一度かれに暇を出されましたが、いまこそわたしがかれのもとに駆けつけるときだったのです。奇跡の霊薬をかまで煮てつくっていたルドルフ二世皇帝の錬金術師は、ある無垢な少年の運命をも導いていたのでした。

荒野のまっただなかにある軍事施設内の電気センサーや仮想の監視装置をくぐり抜けるのは朝飯前のことでした。四方が囲まれた監視空間のなかにエネルギーを注入し、電子装置による監視、攻撃、罠を無力にして、わたしはカレルに逃げるようにうながしました。最後の別れからあれほどの年月が経っているというのに、わたしたちにはきちんと挨拶する時間すらなく、いそいでその場をあとにしました。戯れるように有刺鉄線をかわすと、わたしたちは自由の身となりました。

どうにかこうにか、なにもない平野にたどりついたころ、予想外のことが起きました。監視用の電子機器を麻痺させたためエネルギーが充満し、地下で巨大な爆発が起きたのです。準備中の原子爆弾の雷管に火がつき、わたしたちの周囲の地面が振動をはじめ、大気が燃えさかり、天が割れはじめました。激しい嵐が空間と時間を切り裂き、巨大なリュージュが通り過ぎたかのようにヒューという大きな音があがりました……すると、突然、巨大なかまが現れ、その上では、サテンの上着を羽織り、首のまわりに襞襟《ひだえり》をした男性が煮えたぎったなにかを巨大なスプーンでかき回していました。

そのとき、わたしは理解したのです。巨大な爆発は、逆行する時間のなかにわたしたちを放り込み、わたしの脳に一発喰らわせて目を覚まさせたということを。

わたしは翼を揺らし、眠りこけていた乳母の耳に大声を張り上げ、真鍮のかまに落っこちるほんのすこし前に、丸々太った乳母に腕を出させて、幼いカレルを抱えさせることに成功したのです。

アーメン。今、わたしは八代目のレンベルクのカレルの守護天使をつとめています。ですが、わかってほしいのは、不滅の少年カレルたったひとりの天使になるよりも、今の使命のほうが幸せだということです。カレルが幸運の子どもとなったのは、あの狂った錬金術師の実験から、わたしが命を救ったときからですから」

ボフダンはふたたび切り抜き記事を見せたが、記事にはもう、それぞれ別人らしきひとが載っていた。ただ顔だけはどことなく似ていて、幸せに恵まれている度合いも大抵同じようなものだった。

タイタニック号のチケットをキャンセルした男性、大惨事の直前にパリでコンコルドを降りた男性、宝くじに当選した男性。

天使たちはうなずきながら、新聞の切り抜き記事を大事に保管しておいたほうがいいよと助言を与えた。悪に仕える悪魔やあらゆるものがアイデアを盗むかもしれないし、この奇妙な関連性を見出すかもしれないから、と。

摩訶不思議な旅

Podivuhodná cesta

「北極の近くまで行ってきたよ」守護天使ベネディクトはこう話を切り出すと、厳しい寒さが翼に伝わったかのように、ほかの天使たちは話し声を小さくした。けれども、天使たちの半透明の翼が、バロック様式の聖タデアーシュ教会の聖具室の寒さで悩まされることはなく、ちびちびと飲むミサ用のワインのおかげでかれらの身体は快適に温まっていて、気持ちよさそうに不思議な旅の話に耳を傾けていた。赤ワインは、透明で目にすることのできない天使の身体のなかを、温度計の水銀のように駆けめぐっては頭まで達し、風変わりで謎めいた天使たちを詩人へと変貌させることがあった。

今宵、詩人となっていたのは、年配の賢人のアーロンだった――天使アブラハーム、ベンヤミーン、エロヒーム、サルヴァドル、ミコラーシュ、そしてフィリップが、かれに視線を投げかけ、かれの話に耳を傾けようとしていた。アーロンは数多くいる守護天使のなかで、大気が凍えるなか、翼をはためかせて氷だらけの北極に到達したただひとりの天使だった。

「これを見ておくれ」アーロンは色褪せた地図を取り出してみせた。「古代ローマの人びとは、地図の空白部分に『ここに獅子がいる』と書いていました。そう、北極のはてしない平野の獅子はまさにわたしたちだったのです。

時は一九二九年、わたしのあるじ、フランチシェク・ビェホウネクは、眼鏡をかけた数学者兼物理学者で、高名なマリア・スクウォドフスカ＝キュリーの教え子のひとりでした――キュリーの守護天使とは今でもクリスマス・カードを交換し、おたがいの稀有なる保護者のことを楽しく回想している間柄です――。ビェホウネクは、イタリアのノビレ将軍からイタリア製の飛行船による北極横断旅行への参加を打診され、引き受けることにしました」

天使の聴衆たちの顔は興奮で紅潮していた。なかでも、若い天使たちは、風で運ばれる巨大な葉巻がたどった道筋を示そうと地図の北極平野のうえを行ったり来たりする指の動きを、じっと目で追いかけていた。すばらしい飛行船そのものが天使たちの親戚かなにかであり、天使の羽根で作られているかのように、乗組員を約束の地に運ぶ風は穏やかだった。

守護天使アーロンは夢想家だっただけではなく、実務面でもぬかりのない旅行家でもあった。地図の下から取り出したのは、かの有名な飛行船の設計図だった。「友よ、ノビレの指示がブリッジから飛んできたとき、ぼくはこの場所でフランチシェク・ビェホウネクの隣で立っていました。『飛行船の表面に霜がつくと、高度が下がってしまう。ただちに霜を除去せよ！』」

「ブルルル」天使たちはミサ用の赤ワインをひと口飲んだ。「温度はマイナス三十度くらい？」

「いえいえ、みなさん、五十、きっかりマイナス五十度です。寒さのせいで度の強い眼鏡にも、ぱきぱきと亀裂が入ってしまい、蜘蛛の巣が眼鏡にできたのが見えるほどでした。それでも、わたしのあるじはほかの船員たちとともに、危険な霜を除去するため、宙に浮かぶ美しい帆船の空気嚢のほうへ危険をかえりみずよじ登ろうとしていました。

察しがついていると思いますが、わたしはあるじをすぐ近くで支えていました。かたわらでは、同僚の天使たちが熱気のこもったイタリアの歌を歌っていました。ヴェルディの曲を歌い、北極探検者たちに勇気を与えようとしていたのです。わたしも歌いました。なんの歌かって、《ビア樽ポルカ》です。この有名なポルカの調子のおかげで、わたしの口に氷の突風が入りこみ、ビェホウネクは空気嚢に連なる梯子《はしご》に全力でつかまる羽目になりました。すると、周りにあったすべてのものが崩れはじめ、不幸な船員たちは天使共々にゴンドラのしたのほうに落ちていき、しばらくすると、イタリア号も地面にがつんとぶつかったのです」

「ああ」聴衆は涙が流れないようにハンカチで顔を覆った。

自分が見守っている人間に死が訪れるその瞬間まで、天使たちは翼をばたつかせながら自分のあるじの周りを旋回している——このような絶望的な状況を思いめぐらすことができるのは、守護天使だけだろう。

「ビェホウネクはどうにか一命をとりとめました。ノビレ将軍やほかの遭難者たちとともに、浮氷のうえの赤いテントのなかで不安を抱えながら漂流していたのです。北極の厳しい寒さ、食料の欠如のみならず、正気を失ったり、自暴自棄になるのではないかという不安に直面し、生死の境をさまよっていました。当時、世界中の人びとが勇気ある北極探検隊の救出を検討していたのですが、かれらがどこにいるか、わかる者はひとりとしていなかったのです。

わがビェホウネクとほかの面々は、はてしなく広がる銀世界のなかにいる自分たちを救援隊が見落とすことがないよう、目立つ赤いテントのなかでどうにか生きていたのですが、かれらが自分の故郷をふたたび目にする日が来ようとは、このわたしもそのときはまったく予期していませんでした」

「ブルルル、ホラー映画みたいだね」ベンヤミーンが言った。

「それぱかりか、わたしのあるじは雪盲になってしまい、目が赤く腫れてしまっていたのです。もう、自分の故郷だけではなく、自分の墓も目にすることないと思っていました。氷山のしたにいる、目の見えないモグラのようでした！」アーロンは言葉を続けた。

「ああ……」天使たちは声をもらした。

「そこで、わたしはすこしばかり……シーー……ほかに誰も聞いてませんね、大天使ガブリエルの耳に入ったら終身刑の罰を受けるようなことをしたのです……」アーロンの声は静かになった。

そこにいた誰もが、アーロンの口元を見守った。

「ポトクルコノシェのイレムニツェという小さな町には、降霊のつどいを催し、人間とあの世を仲介してくれる媒介者、つまり霊媒師がいました。エミリエ・スカーロヴァーという女性でした」

　頭の回転が速いアブラハームはどういうことか察したようだった。眉をあげ、禿げあがった自分の頭をぽりぽりと掻き、アーロンの目を注意深く見つめた。

　だがアーロンは視線を下げることなく、むしろ、まっ正面をしかと見すえて続きを話しはじめた。「そう、わたしは罪を犯してしまったのです。ある晩、浮氷のうえにいたあるじのもとを離れ、数千キロ横断してイレムニツェの民家の居間に入り込んでいきました。部屋のなかでは円卓の周りに人びとがぎっしりいて、掌でテーブルに触れ、隣の男性や女性の小指と小指を合わせながら、精霊を呼んでいたのです……」

「まさか!!!」若いベンヤミーンが声を張り上げた。

「いえ、そうなのです……!!!」アーロンはそっとうなずいた。

　聖具室の木製のベンチがぱきっと音を立てると、天使たちはみな、跳ね上がって恐れおののいた。

「そう、わたしは精霊と交わりをもったのです。聖なる存在であるこのわたくし、アーロンは、数千キロメートルの距離を踏破して、霊媒者のスカーロヴァー女史が呼び出してくれた死者とも生者とも判断のつかないひとに闘いをいどみました。イタリア号の亡くなった船員の幽霊に会うべく、占い板のほうに向かったのです。そして、わたしは、飛行船が遭難した模様をスカーロヴァーさんに克明に伝えました。

スカーロヴァーさんの顔からは血の気が引き、声を張り上げました。『探検隊のことは新聞でも話題になっている。全世界がこの不幸な北極探検隊を捜索していて、そのなかにチェコ人のビェホウネクもいることは知っている。かれの霊もここにやってくるのか？』

『いいえ、来ることはありません』わたしは答えました。そして、この古い地図を円卓の上の占い板の横にぱんと置きました。

驚いた降霊術師たちが取り囲む占い板には、すぐに赤いテントの場所が浮かび、続いて、地理上の緯度や距離、救出を待っている探検隊員全員の名前が浮かびあがりました。

『ビェホウネク博士は生きている』スカーロヴァーさんはトランス状態の表情を浮かべながら、わたしに向かってこう繰り返しました。『浮氷にいるのが見える。元気で戻ってくるはずだ。かれが喜ぶのが感じられる』

降霊術者たちは際限ないほど喜び、手を叩いたり、雄叫びをあげ、なかには嬉し涙を流すひともいました。わたしが後ろに押しやった幽霊も納得してくれたように笑みを浮かべ、悪意も狡猾《こうかつ》さも顔からすっとなくなりました。

スカーロヴァーさんのおかげで、ロシアの砕氷船クラーシンが浮氷の赤いテントを探り当て、わがビェホウネクをはじめ、ほかの人たちの命が助かったのです」

「黒魔術の臭いがするものに手を出したとすれば」アブラハームは深く息をついた。「もっとも厳しい罰がくだるかもしれん」

「承知しています」アーロンは笑みを浮かべ、地図や飛行船の図面に触れた。

「天使の不滅の命を失ってしまうかもしれないということですね。ですが、もしわたしにたったひとつの命があったとしても、ビェホウネクが無事に帰還できたのであれば、命を失っても惜しくはないと思います……」

天使たちは全員で赤ワインの入ったグラスを近づけた。「乾杯だ。摩訶不思議な旅、万歳！」

狼のまなざし

Vlčí oči

「カシュパル、君はなんの話もしてくれないのかい?」プラハのあるバロック様式の教会に夜になると集まってくる守護天使たちは、一足遅れて到着し、溶けつつある雪で濡れた翼の羽毛を逆立たせながら木のベンチに腰かけた天使に声をかけた。

まだ若い守護天使カシュパルは、愛すべきひとととの大変な仕事を終えてから、愛すべきひとの話をする天使たちのつどいにもう何度も顔を出していた。けれども、まだひと言も発したことはなく、奇妙な物語を耳にしたときか、あるいはアブラハーム、サルヴァドル、ミコラーシュ、フィリップ、ベンヤミーンと挨拶をするときにあっとすこし口を開けるだけだった。

「じつは、ひとつだけ話があるんだ、エヘン」カシュパルはベンチで坐り直した。「これからする話が、寒いアラスカの夜に見た夢にすぎないのか、あるいは、おしゃべりの雪片が止みそうにない雪が降るなかで語られる話なのか、はっきりとしたことはわかりません」

「おや、ちょうどプラハ上空でも雪が降っているようじゃのう」年老いたアブラハームがにやっとした。「この雪片も話し出すかもしれんな……」

「ゴホン、では、はじめます」カシュパルは話をはじめた。「わたしが天使として見守っていたのは、犬橇のガイドをしていたひとです。わがあるじのエミルが虜になっていたのは、アラスカを舞台にしたジャック・ロンドンの物語でした。十歳のころには早くもプードルのベッシーを自分の橇につないで『ヘイヤー、ヘイヤー、ヘイヤー、カタツムリよ、走れ、猟で仕留めたトナカイ肉をおあずけにするぞ』と掛け声をかけ、両親は、息子がなにかにとりつかれているように懸命になっているのを笑っていました。ふさふさした白い毛の可愛い犬が、怒りながらわたしのあるじに抱きついたときなど、守護天使であるこのわたしも思わず笑ってしまいました。ですが、そのときすでに、犬への情熱がエミルのなかで育まれているのをわたしは予想だにしていませんでした。

二十五歳になるとエミルは犬橇レースに参加するようになっていました。ただ、操っていた白いハスキー犬七頭にはトナカイ肉をあげるまでにはいたっていませんでした。エミルは腹をすかし、生活を切り詰めながら、犬たちが世界チャンピオンになるべく、スキーのインストラクターとして稼いだ金をすべて犬に注いでいたのです。わたしはかれと一緒にスカンジナビアに行ったり、シベリアでのレースに参加したりしました。シベリアでは現地の胴元が競馬のように犬にお金を賭け、地元の犬を勝たせようとわたしのあるじに賄賂を渡そうとしたのですが、エミルはきっぱりと断りました。そうすると今度はハスキーに毒を盛ろうとしたのです……」

「それで、君は犬を救ってあげたんだろう?」ベンヤミーンが声を張り上げた。

「まあ」カシュパルは話を続けた。「わたしのあるじは、犬に餌をあげる前にはいつも犬用の皿で試食していました。雇われの悪党たちが犬の缶詰に毒を盛ることをわたしは知ったので、わたしは狂ったように翼を思い切り振り、エミルの耳めがけて声を張り上げました。それだけでなく、口に入れちゃだめだと耳をかじってみましたが、触れることのできないわたしの歯などまったく感じていないようでした。

その代わり、犬橇のリーダーのブリットは犬の本能で危険を察知したのか、ひょっとしたら、モノクロの視界でわたしを見たのかもしれませんが、いずれにせよ、エミルに乱暴に飛びつき、主人の手から皿を落としたのです。

エミルもようやく妙な事態を理解したようでした。リーダー犬が主人から無作法に奪い取った食物に近づこうとする犬が一頭もいなかったからです。わたしは忠実な犬ブリットをそっと撫でましたが、ブリットもわたしの掌をきっと感じたにちがいありません。エミルは状況を呑み込み、缶詰を捨てました。翌日、地元の人たちが恐れていたヒグマがゴミ箱を漁った後、もがき苦しみながら死んだのです。

ブリット、ヴィクトリア、ズニ、アレックス、ヴァレリエ、エスメラルダ、トルナードの犬橇チームは勝利を収めました。そして、エミルはプロの犬橇ガイドになりました。自分の趣味を生活の糧とする仕事を得たのです。

ですが、それも長くは続かず、約束の地、アラスカへと向かいました。ジャック・ロンドンが描いた英雄たちが足跡を残したレースに参加するために。エミルは有頂天になりました。というのも、金鉱探しの本や映画に刺激をうけていたかれが、ついに犬橇レースの轍《わだち》に向かうことになったのです。

レースの前夜、わたしたちはなかなか寝つけませんでした。エミルはあちらこちら歩き回りながら、ぶつぶつ言っていました。『ついに、やってきた……ここまで……そう……金だ!!!』黄金の熱にうなされていたのは金鉱とか、貴金属のことではなく、困難を極める犬橇レースのメダルでした。わたしもどこかそわそわしていました。でも、金メダルを賭けたアラスカでのレースが、わたしたちの最後のレースになるとは思いもしていませんでした……」

語り手は言葉を噤《つぐ》み、聞き手たちも黙り込んでしまった。

「朝になると、わたしたちは出発しました。二十頭の犬が白い平野のうえを突風のように駆けていきました。『ヘイヤー、ヘイヤー、カタツムリよ、トナカイ肉をおあずけにするぞ』

思わず笑ってしまいました。十歳の少年が思っていた夢がついに叶ったのですから。橇の下には、掛け声にあった犬用のトナカイの乾燥肉が置いてありました。幸せな流浪者はお尻に風を感じながら疾走していました！

ですが、数時間が経過したころ、雪嵐がレース会場の平野を覆ってしまいました。犬たちと雪を掻き、身を寄せて身体を温め、白人の金鉱探しに激怒したインディアンの神々の怒りが収まるのを待ちました。嵐が収まると、ふたたびゴール目指して出発しました。なにか至高な存在が天にいたのでしょうか、銀世界の平野にいたのはわたしたちだけとなりました。競争相手をすべて振り切ることに成功し、勝利を確信したものの、わたしはまだなにかが足らないと思っていました。

しばらくして姿を見せたのが幻、つまり、狼です。腹をすかせたグレーの狼の群れが獲物に狙いを定めたのです。獲物となったのはわたしたちでした。壮絶なレースがはじまり、金メダルどころではなくなってしまいました。まさに生死を賭けたレースでした。エミルは、橇にあった乾燥肉を与えて、腹をすかせた獣たちの動きを止めようとしました。ですが、狼は歩みを止めませんでした。関心があるのは乾燥肉なんかではなく、新鮮な血が流れて生きている、いままさに全力で逃げている犬たちだったのです。狼は、わたしのあるじ、ブリット率いる犬の群れ、そしてエミルの夢をも呑み込もうとしていました。

狼たちに追いつかれ、あっというまに取り囲まれてしまい、エミルと犬は離ればなれになってしまったのです。エミルはナイフでロープを切り、犬を解き放って、狼と戦わせようとしましたが、間に合いませんでした。守護天使のわたしも取り囲まれ、あるじに近づくことすらできなくなったのです」

「まさか！」天使エロヒームが声をあげた。「狼たちには君の姿が見えたのかい？」

「そう、最悪なことに、わたしの姿はきらきら光る狼の目に留まってしまったのです。あの恐ろしい、情け容赦のない狼の瞳は、わたしが何者かを知っていました。だから、わたしに襲いかかってきたのです」

天使たちは深紅のワインを素早く飲むと席に坐った。

知性や聖性をかねそなえた人びとが、天使を目にするという稀有な瞬間があるという。だが、血が滴る肉が唯一の信仰の対象となっている狼に見えるとはどういうことだろう？

目に見えない手であるじを守ろうとする天使と猛獣との闘いが、目の前で繰り広げられているような感覚を天使たちは感じていた。
天使が反射して映っている狼のきらめく瞳は、古《いにしえ》の伝説が記したなにかを表していたのだろう。その場にいた天使たちもまた、けっして消えることのない光から作られた存在でありながらも、悪魔や狼男に脅かされる者として、この物語を聞いていたにちがいなかった。

「群れを守る決意をした勇敢なブリットは、仲間の犬に逃げるように指示を出し、主人が不在となった空っぽの橇は、攻撃を加える牙から逃れ去っていったのです。エミルの最後の叫びは、グレーの身体の群れの下で、遠くに消え去っていく犬たちに向けられたものでした。『いいぞ、ブリット、いけ、いけ、いけ……！』

そして、エミルはわたしの視界からも消えました。わたしは、霧か空気を相手にしているかのように嚙みつこうとする狼と格闘していましたが、実際に嚙みついたり、怪我を与えることはできず、ただ地面に倒して吹き飛ばし、回転する糸紡ぎへと変貌させるのが関の山でした。とはいえ、さしあたって必要としていたことは達成したのです。ですが、わたしはあるじを見失ってしまったのです。騒動が静まってようやく、わたしはエミルを永遠に見失ったことに気がつきました。

雪と寒さのなか、長いあいださまよい歩きましたが、風はふたたび激しさを増し、あらゆる足跡を消し、捜索は徒労に終わり、犬の足跡もオオカミの足跡も見えなくなっていました。エミルは狼の胃のなかで生涯を終えたのかもしれない、あるじを守ることができなかったのだと思いました。

ところが、それから三日後、奇妙な光景に遭遇しました。ある男性が銃で頑強な狼に狙いを定めていたときのことです。わたしはすぐに、その狼はわたしたちを襲った狼の群れのリーダーであることに気がつきました。狼の瞳を覗き込むと、なんと、わたしはそこにあるじを見たのです。エミルの瞳でした。そのとき、わたしは殺人者の守護天使になったのです、そんなことはその一度っきりでしたが。銃身から放たれた弾丸の方向をわたしがすこし変えたせいで、命中とはならず、グレーの動物はその場を去っていきました……」

「なんてことだ」すべての天使がざわつき、翼を振った。カシュパルに心からの同情を伝えようとしたが、うまい言葉が出てこなかった。

「それから奇跡が起きました。わたしでないとしたら、誰がわたしのあるじを救ったかはわかりません。でも、エミルが姿を見せたのです。けれども、右腕がない、左手のみの姿で、影のように痩せ細っていましたが生きていました。そして、わたしは理解したのです。わたしが命を救った狼にエミルの一部が宿っていて、狼の瞳の奥からエミルが眺めていたことを」

「ふー」語り手の話を注意深く聞いていた天使たちは息をついた。

「ブリットとほかの犬は？」エロヒームがたずねた。

「インディアンたちによれば、犬たちは大地を四方八方駆けまわり、主人を探し続けているそうです」カシュパルは答えた。「わたしも、そうしていると思います。というのも、忠実な犬には、わたしたち天使と共通する点が多くありますから」

「だいぶ遅い時間になってしまった。カシュパル、話をありがとう。冷えてきたようじゃな。でも、狼たちが君とエミルを引き離したとき、誰が君の代わりをしていたか、わしら、天使にはわかる」聡明なアブラハームが囁いた。「感謝の念を抱きながら、ステンドグラスの窓を覗くがよい。夜明けの光が差し込んでくるはずじゃ」

Ⅲ　罪のないお話、罪深いお話

III. Vinné i nevinné příběhy

天使の味

Andělská chuť

「ぼくのあるじは葡萄酒の醸造家でした。でもまあ、よくもわるくも、かれらほど人間味あふれる人たちはいませんよ」バロック教会のひっそりとした聖具室のなかで、ロウドニツェからやってきたゲストの守護天使ミハエルが話し出した。話しはじめると同時にロウドニツェのワインをほかの天使たちに勧め、天使たちはよくわかっているよ、という素振りを見せながら頭でうなずいた。

「ふむ、天使の味か……」

するると、天使ミハエルは馬のように鳴き声をあげた。「ヒッヒッヒ、その通り、天使の味がしますよ。味わっていただく前に、まあひとつ、わたしの葡萄酒醸造家の話を聞いてくださいな」

天使たちはみな、耳を傾けた。

「わが祖国に輝ける過去をもたらした父、カレル四世が葡萄園《ヴィノフラディ》を設立したとき、フランスのソムリエたちは額をとんとんと指で叩き、いぶかしがったというのはおそらくご存じでしょう。葡萄園には太陽が欠かせませんが、シェークスピアが《冬物語》の舞台をボヘミアに設定したくらい、この土地の気候は寒冷だったのですから。ですが、今日、カレル四世が葡萄園を築いたことを笑う人などいません！　そして、わがワイン職人チェニェクがロウドニツェ・ナド・ラベムの近くに葡萄園を作ろうとしたとき、かれもまた周りの人びとから一笑に付されてしまいました。人びとは額をとんとんと叩いては、かれにこう声をかけました。『南から北まで太陽を運んでくるのかい？』

チェニェク・ニーヴルトはむこう見ずな若者でした。必要であれば、太陽を大きな手押し車にのせて運び、求められているところまで引きずり出しかねなかったでしょう。

五里霧中のなか、チェニェクは手探りで葡萄園とワイン貯蔵室を作り、太陽や日光と縁が薄いこの土地にうまく根付く品種はなにかを試行錯誤し、かれの掌には、樹齢数百年の樫の樹皮のようなしわがいくつも刻まれていました。

チェニェクには妻ボジェナと五人の息子がいました。家の様子をすこしお話しすると、仕事を終えて台所で夜を明かしているときなど、ぼくたち守護天使はそろって体育団体ソコルのマスゲームのように整列していましたよ。チュニェクは、子どもたちがまだ幼いころからブドウの房を調べたり、葉をめくったり、発酵させる手順、ボトルへの注ぎ方、ワインの味わい方を教え、どういうワインであれば死者を蘇らせるほどの美味となり、逆にまた、どういうワインだと鼠《ねずみ》さえも殺してしまうものになるかを教え込みました。

収穫したブドウが酢のような味わいで、渋い顔を見せることもしばしばでした。あるとき、警官に逮捕されそうになる騒動が起きました。チェニェクは樽という樽をすべて木槌で叩き壊し、そこからワインがどっと流れ出し、あっというまに二メートルの高さにまで達し、木槌をもっていたチェニェクはあやうく溺れそうになったのです。

『なにか悪いものが樽に入って、ワインが台無しになったんだよ、ひっくひっく』警官に命を助けられ、警察に連行されたチェニェクは毒づきました。

樽はかれ自身の所有物だったので、壊そうと思えば好きなときに粉々にすることができたのです。夜の静寂を妨げたという点は法規違反でしたが、警官は大目に見てくれました。この不器用な奴は仕事を心から愛し、中途半端なことや軽率なことに我慢がならないのを知っていたからです。

今日、完璧でない作品を提供するのをためらう人がどれだけいるでしょうか？天使は全員そうかもしれません、ですが、人間はというと、そういう人たちはほんの一握りでしょう。

チェニェクが警察にいるあいだ、ボジェナと五人の息子たちは、ワインであふれた貯蔵室からワインを一晩かけて掃き出し、ラベ川まで運び出していました。朝になると、小学生たちがラベ川を指差しながら《紅い川》を歌っていましたよ。

むこう見ずなチェニェクは樽も自分で作り、古い髭文字で綴られた古書の指示通りに樽に松脂《まつやに》を塗ったりしていました。というのも、樽の技術を理解するものは近くにはひとりもおらず、いつの日か完璧なものになるはずのワインを樽のなかで熟成させているというのに、不良品の樽などかれの望むものではなかったからです。

しかし、その年、守護天使であるこのぼくにでさえ防ぐことのできなかった悲劇が起きてしまいました。葡萄園の若いブドウが霜で全滅し葡萄園経営の借金の返済だけでそのシーズンが終わることがないよう、銀行からまた高額のお金を借り入れたのです。

『わしのこの頭が借金の担保なんだよ、わが守護天使よ』首に十字架を五つも吊るしていたチェニェクが声を張り上げました。『万が一、来年、ネクタルのようなおいしいブドウが獲れなかったら、こんどは一ハレーシュたりとも借金を返せん。そうなったら、圧搾機にブドウをかける代わりに、わしがなかに入る。そうすれば、みな、わしの血を飲むことができるからな……』」

「かれは君のことが見えていたのかね?」そこにいた守護天使のなかで、長老で聡明な天使アブラハームが関心を寄せた。

「まさか」ミハエルは手を振った。「ぼくがいるってことはわかっていたけど、一度もぼくのことを見たことはありませんよ」

「だが、かれの脅し文句は神を侮辱したものじゃないか」天使エロヒームはそう言うと、祈るように手を合わせた。

「そう、あからさまに言っただけではなく、行動でもそういう態度をとったんです。自分で自分に不幸を呼び寄せてしまい、翌年のブドウの出来も好ましいものではありませんでした。

息子たちは、無駄な仕事に見切りをつけプラハに落ち着き、フランス、スペイン、カリフォルニア、南米のワインを販売していました。ワインの専門家として知られるようになったけど、地元ロウドニツェのワインなど忘れてしまったかのようでしてね。忠実な妻ボジェナは夫を助けようと、ロバのように身を粉にして働いていたものの、病気になってしまいました。赤血球の数が減っていたんです。

ある日、保存してあった最良のワインを試飲していたチュニェクは、顔をひどくしかめました。ひどいワインだったのでしょう。

ぼくのあるじは空約束をしたことは一度もなく、約束はかならず実行する人でした。大きな圧搾機が中世の拷問道具のように立っていました。

ブドウをつぶす時期になり、最良のワインができるはずでした……。ですが、かれは一切合財を畳む決意をしたのです……。

『わしは見せたかったんだ、天使さんよ』酔っぱらった様子で、わたしに声をかけてきました。『わしはこれを望んでいたんだ』しわだらけの掌を見せながら、『それからこれだ』指で額を差しました。『詩人と王の飲み物へと変えることを。それは、ジープ山のふもとにあり、モラヴィア人が通りすぎ、曾祖父チェフですら忘れたわしの地方の味を含むはずだった。つまり、モラヴィア・ワインではなく――もちろん、モラヴィア・ワインはほかの点では尊敬しているが――ボヘミアのワイン、ロウドニツェのワインを天にかかげたかったのだ。だが、みんなを失望させてしまった……』

かれは口を噤みました。

ああ、息子たちはどこに行ってしまったんだ？　ボジェナは？　ワインに溺れていたのを助けた警官よ、来ておくれ！　早く！　かれを救うんだ！　ぼくはあるじの上を狂ったように飛び回り、声を張り上げました。いいか、このたくましい男はワインを作る運命なんだ、血を濾《こ》すためじゃない。いったいどうしたら、目標を達成しないうちにあきらめてしまうことができるんだ？　いったいぼくは、自分の良心に、そして天にいる至高の存在にどう答えたらいいんだ？　ぼくは、ラベ川のロウドニツェでもっとも偉大な男を目の前で救うことができないのか？

赤ブドウの房を圧搾機にかけ、電源を入れました。液体と血が混ざろうとする……そのとき、ポケットの携帯電話が鳴りました。妻のボジェナからでした……。

『あなた、わたしは元気よ、赤血球は問題なかったわ！』妻からの電話を耳にしたその瞬間、圧搾機は傷ついた動物のようにキーと軋みだしました。罠から逃げだそうとした動物が、強力な手の巨大な力で圧搾機を停めたかのように。けれどもぼくは弱り果てていたので、全身でブドウのなかに倒れ込んでしまい、圧搾機はぼくをブドウと一緒に圧搾しはじめたのです……」

「まさか、ありえない」天使たちは声を上げた。世界中のいたるところで、そんなことは耳にしたことはなかった。

圧搾機はブドウをつぶして液体にしたばかりか、天使ミハエルも一緒につぶしたのだった。唯一機械を停止することのできたワイン職人のチェニェクは、夫のために復活をはたしたボジェナのもとに駆け寄っていた。

「でも、どんな圧搾機でもぼくら天使を傷つけることはできないよ。快適だったとは言えないけど、ワインにしてみればどんなに名誉だったかはワインそのものに聞くがいいさ。

ぼくの入っているワインは、賢人の石を作る錬金術師の実験室のような効果を手に入れました。でも、ぼくはずっとここにいる。

ただ言っておきたいのはね、みんな、この年を境にすべてが好転したということ。つぶされたぼくの一部が入っているブドウの若いワインは、チェニェクが《天使》と名付けるほどの味わいでね。《天使の味のロウドニツェ・ワイン》とラベルの貼られたボトルが販売されました。チェニェクは借金を返済し、五人の息子のうち四人は家に戻り、チェニェクは葡萄園を広げていったのです。

ボジェナの守護天使とぼくはとても幸せだったよ。みんなにはこの飲み物の名声に、わずかながらもぼくが役立ったのがわかってくれたと思う。さあ、これで乾杯をしよう」

「乾杯」アブラハームがグラスを上げた。「圧搾機でつぶされた月並みの現実は最良のものを生み出すことがある。そんな夢に乾杯じゃ！」

「チン、チン」天使たちのグラスの音が鐘のように鳴り響いていた。

ノミのサーカス

Bleší cirkus

わたしたちの頭上にいる守護天使たちは四六時中目を覚ましている。わたしたちが眠っている夜に休もうと思えば、休むこともできるというのに。わたしたちは空を飛んでいる夢を時折見てはベッドから落ちることがある。そういうとき天使たちは大事にいたらないよう見守ってくれているのだ。休養をとる代わりに、小さなバロック教会に飛んでいき、自分のあるじにまつわる物語を話すほうが好きなのだろう。人間を本当に好きでいる天使が語る物語は人間味あふれるものなのだろうか、それとも天使的なものになるのだろうか、どちらだろう?　おそらく両方だろう。いずれにしても、愛に満ちあふれているはず。

ヴィクトルという名の天使は、がさがさと音がする仰々しい羽根のついた美しい帽子を脱《と》り、孔雀《くじゃく》の群れを天にかかげるかのように持ち上げながら、大声でほかの天使たちに挨拶した。けれども、かれが発したｒの音は、天使のそれではなく、カラスの声のようだった。

「どうりりりょうのみなさん、わたしはコマロロロロフ一家の守護天使です。コマロロロフ・ジュニア、サーカス王の天使です。そして、自分のズボンでさえも賭けの対象にして、自分の運命を始終試そうとするるるすべてのひとの天使です。わたしの名前はヴィクトルルル……」

天使ヴィクトルはお辞儀をしてから話をはじめた。

コマロフ一家は呪われた家系だった。我を失ってしまうほどのギャンブル好きで、鉄棒乗りの曲芸師だったおじいさんは、あるとき、虎の調教師と同じことができるはずだと賭けをした。お金を払って見に来ている観客の目の前で、おじいさんは自分の頭を虎の口のほうに差し出すと、見事に頭を失ってしまった。頭は虎の腹のなかに収まったのだ。コマロフの父は競馬好きで、ある日大負けをし、サーカスを手放す羽目になった。そこで、息子のコマロフはサーカス団の名誉を守るべく、ノミのサーカス程度のものは手にできるように、あらゆるものを賭けなければならなかった。けれども、どうにか自分のものにしたノミのサーカスではノミがぴょんぴょん飛びはね、ノミに噛まれた観客たちはサーカス団を告発する始末だった。

そのため、サーカスを率いてボヘミアとモラヴィアを放浪した高名な一家は、あいもかわらず財産がまったくなかった。ノミに怒った観客は噛みついてくるノミをばんばんと叩きつぶしてしまったからだ。

コマロフ・ジュニアは頭をもたげて坐り、守護天使に見捨てられてしまったにちがいないと悪態をついた。

「おい、まだおいらを見放していないというなら、姿を見せてみろ！　おいらは、おまえなしでもやっていけるぞ！」怒って叫んだ。

雨をよける庇《ひさし》もなければ、食べるものもなにもなかった。借金の形として幌馬車も奪っていった死刑執行人にわずかばかりの良心でもあれば。とうの昔に亡くなった可哀想なノミたちもいない。

商店のショーウインドーの前をぶらぶら歩き、おなかはくーと鳴り、この先どうしたらいいかわからずにいた。

賭けをしてくれる相手さえいてくれたら。

そのとき、かれは決心をした！　自分の守護天使と賭けをすることを。

「ねえ、気分を害していたら、ごめん。戻ってきてくれよ。おまえさんと賭けがしたいんだ」うえを見ながら言った。

「わたしはまったく怒ってなどいなかった。あるるるじをうしなうよりりりは、賭けをするるるべきだと思ったのです」ヴィクトルは説明した。

ヴィクトルはコマロフ・ジュニアの目には見えない掌を差し出した。目に見える掌が目に見えない掌に触れ、賭けが成立した。

「一コルナ貸してくれるなら、百倍にして返すよ！」コマロフは言った。

かれもまた、むこう見ずな若者だった。祖父や父と同じように。もちろん、守護天使ヴィクトルは、かれの言葉をまったく信じていなかった。ただ、哀れに思えたのだ。人生に楽しみを見出せないなら、せめて賭けだけにでも楽しみを見出してほしい、と。

ふたりは手を打った。

「だが一コルルルナもあげはしなかったよ」天使ヴィクトルは話を続けた。「あるるる店の倉庫の前の格子戸のところろろに連れれれていってあげただけ、そこに客が落とした小銭が転がっていました。べたついたどろろろとポケットに入っていた紐《ひも》のおかげで、硬貨を一枚手にするるることができたのです」

だがコマロフが手にしたのは一コルナではなく、五コルナの硬貨だった。懐が深い守護天使だったのだ。

コマロフは五コルナを帽子の上にのせ、賑やかな大通りに腰かけた。さらに黒メガネをかけ、目の悪いひとから白い杖を借りて、「コイン投げのタイガー・ウッズがあなたと勝負します」という風変わりな文句を書いた。

近くを通るひとは笑ったり、額をとんとん叩いたりした。

「通行人の守護天使が、ぼくに聞いてきたんだ。かれれれがほんとうにコイン投げのチャンピオンなのかいって」ヴィクトルは、茶目っ気たっぷりに笑った。

「わたしがなにを言ったかって？　こう答えたさ、試してごららん、って」

通行人は本当に負けてしまい、お金をすってしまった。といっても、じつのところ通行人は全員勝っていたのだが、目の見えないひとに勝利したことを後ろめたく感じ、みずから負けを告げたのだった。

コマロフはメて二百コルナを手にし、五コルナを天使に返金するため、倉庫の格子戸越しにお金を投げ込んだ。今度はその百九十五コルナを百万コルナにするべく出かけた。

もちろん、宝くじを買いに。今度は、宝くじの売り子と誕生日がいつか賭けをした。当たれば、二枚プレゼントしてくれるという約束だった。賭けに勝ったのは目の見えない詐欺師だった。種明かしをすれば、売り子の生年月日が記された販売証明書が壁に吊るされていたのだ。売り子本人は、盲目の客の目がほんとうは見えるとは思いもしていなかった。

コマロフはこうやって宝くじ二枚を手に入れた。お金には手をつけなかったので、白い杖を貸してくれた盲人に全額手渡した。

「このわたしも、ようやくわたしのあるるるじに幸せが戻りりりつつあるるるのを感じました」ヴィクトルが言った。「たからららくじのどちららか一枚が当選するるるに違いない。天使の視力でそう見通すことができたのです」

若いコマロフは、ヴィクトルの予想通り、百万コルナを当てた。

守護天使ヴィクトルは、コマロフもこれでいろいろなことを学んだに違いないと思った。だがコマロフはまた懲りずにノミのサーカスを購入し、ノミの大きさにふさわしいテントを借りた。そのなかでいちばん大きいものはなにかというと、観客の目だった。観客はシャーロック・ホームズよろしくルーペを覗きこんでいた。それだけではなく、天使たちの目もあった。というのは、ノミが輪っかをジャンプしたり、自転車に乗ったり、ミニチュアのトランポリンを飛ぶ様子が見ることができるように、天使にも鑑賞用ルーペが手渡されていたのだ。

「ねえ、頭やサーカスや名誉を賭けで失ってしまうのはいいことじゃない。でも、ノミのようにささやかな幸せだったららら、いつだって賭けをして手に入れれれるるることができるるる。幸せならららら、噛みつくことなどなく、子どもに微笑をもたららららしてくれれれるるるはず」愛くるしい天使のヴィクトルは話を終えた。

天使たちは興奮して拍手をし、コマロフのノミのサーカスを自分の目で見たいと思うようになった。そして、人間の身体につくノミが天使をジャンプして乗り越えられるかどうか、賭けをしようか、と。さて、早速明日にでも試してみようか！

ゴール

Gól

その夜、バロック様式の教会はミツバチの巣箱のように騒がしかった。守護天使たちはそれぞれ話をするために舞い降りてきていて、まるで大天使ガブリエルが竪笛《たてぶえ》のショームを吹いて招集をかけたかのように、聖具室にはアブラハーム、エロヒーム、ベンヤミーン、ミハエル、アーロン、カシュパルといった顔なじみの連中だけではなく、天使の群衆であふれかえっていた。

美しい翼のある、だが人間の目には見えない身体がひしめき、押し合い、まるでサッカーをしているかのようにたがいの足を踏みあっていた。サッカーといっても、そんじょそこらの試合ではない！　そんなものではなかった。譬《たと》えるならば、レアル・マドリードのスター選手が目の前でプレーしている、そんな雰囲気だった。

不滅の天使の長老アブラハームがすっくと立ち上がると、天使たちはみな拍手喝采し、光のマフラーを振りまわした。アブラハームは話しはじめた。「親愛なる諸君、我々が定期的に会合をひらく場所にようこそ。ここで、わしらは、自分たちにとってもっとも親愛な人びとのことを語っておる。親猫が子猫を見守るように、わしらが見守る人間のことを。今宵は大変素晴らしいゲストに話を披露してもらい、この会合をさらに豊かなものにしてもらいたいと思っておる。

サッカーファンであれば説明する必要のない守護天使じゃ。かれが見守っている人間は、胸の国章に描かれた獅子を見ると鼓動が高まるわしらの心臓に、かつてない喜びを授けてくれた。あの喜びを忘れることができるのは死が訪れる者のみ、わしら不滅の天使には、けっして忘れることのないあの喜びをもたらしてくれたかただ」

「ホサナ!!!」天使たちは雄叫びをあげ、ウェーブをした。

アブラハームの右手には、年はとっているがアスリートのような体型に肩幅が広く古代彫刻のような胸をした、若々しい笑みを満面に浮かべる天使が立っていた。

喧騒が静まると、静寂という高貴なファンファーレによって、稀有なる客人が迎え入れられた。

「ありがとう、みなさん」人あたりのよい天使がこう言って沈黙をやぶると、軽くお辞儀をした。「わたしは天使のペトルです。わたしが見守っているアントン・オンドルシュは、一九七六年のヨーロッパ選手権に出場した選手のひとりでした。今日は、友人に頼まれ……」ペトルはアブラハームのほうをちらっと見た。

「金メダルを争った試合のなかからひとつ、みなさんにお話をしたいと思います。

わたしの記憶にいちばん鮮明に刻まれている試合のことをお話しましょう。ベオグラードでの有名な決勝のことは、小説数冊分に相当する分量がすでに書かれたり、話されています。わたしはザグレブでの準決勝に触れたいと思います。オレンジのオランダ・チームとの激戦についてです。チェコスロヴァキアの選手たちはみな、一緒にプレーできるのは光栄なことだと、オランダ・チームを高く評価していました。イレブンの天使のひとりとして、わたしもまた勝利を祝うことができたのですが、じつは、このわたしもその歯車の小さな輪っかのひとつをなしていたのです」

昔日のサッカーの試合を映し出しているかのように、天使ペトルの目は、きらきらと輝いていた。

「二年前のW杯でオランダは準優勝し、西ドイツとの決勝まで負け知らずでした。そのため、かれらは軽いトレーニングのつもりでチェコスロヴァキアの選手たちにレッスンをほどこし、汗もかかないうちに試合が終わるだろうと思っていたのです。マエストロたちは散歩に出かけるようなつもりで、雨のせいで白鳥の湖と化したピッチに立ちました。スター選手のクライフは、チューインガムをくちゃくちゃと嚙みながらチェコスロヴァキアの選手など視界に入っていないかのように遠くを眺め、キャプテン同士によるペナント交換の際にはガム風船をつくっていました。ふむ、その風船も、じきに破裂することになるさ、アントニーン・パネンカはそう思ったそうです。そして、ついに試合がはじまりました。

わたしはアントン・オンドルシュの頭上をアホウドリのように飛んでいました。頭のすぐうえのところを。屈強なディフェンダーのかれは、オランダの空中戦を跳ね返しつづけていましたが、チャンスがあると判断するやいなや、攻撃にも加わり、いたるところに顔を出していました。

有名なチューリップ軍団のレップ、クライフ、レンセンブリンクは初めのうちチェコスロヴァキアの選手たちを甘く見ていましたが、しだいに、なんでも受け入れる鉛筆削りなんかではなく、自分たちのプレーをきちんとしなければ勝てない相手であることに気づいたのです。

そして、十一人のオレンジの守護天使全員が凍りつく瞬間がおとずれました。

前半十九分、ズデニェク・ネホダをぴったりマークしていたスールビールがファウルをし、レフリーは直接フリーキックを指示しました。アントニーン・パネンカはあご髭をとんとんと叩きながら、興奮した様子でフリーキックの場所に駆け寄っていきました。ヒュー！　かれの守護天使がボールに息を吹きかけたにちがいありません。ボールは美しい高い弧を描きながら、相手の十番めがけてふわっと飛んでいきました。わがアントン・オンドルシュは大木のように背が高かったのですが、足に羽根がついているかのようにジャンプして、パネンカが高く蹴り上げたボールをヘディングしようとしました。ですが、五人ほどの選手にユニフォームをつかまれ、オレンジのチューリップの花壇のなかで身動きができなくなってしまったのです。けれども驚いたことに、わたしが目にしたのは、わがあるじが発射されたロケットのように頭を突き出してくる光景でした。オレンジの花壇から飛び出た巨大な大木が宇宙的な速度でどんどんと大きくなっていったのです。このボールは手放しちゃいけないと即座に理解し、わたしも一緒に飛び出していきました。わたしとアントンはたがいの肩に手を置き、頭を並べてボールのほうに差し出すと、わたしの額になにか激しいものがぶつかったのを感じました。わたしのあるじのほうはというと、ボールをかすっただけでした。ですから、そのボールがオランダのキーパーの頭上をかすめ、髪にそっと触れてからネットを揺らすのは、物理的な法則に反するものでした。ですが、実際にそうなったのです。

オランダ人はがくっと頭をさげました。チェコスロヴァキアが一対〇でリードしたのです。

観客席からは驚きの歓声があがりました。

『天使のヘディングだ！』イギリスのアナウンサーは感嘆しながらマイクに向かってこう声を張り上げました。

ですが、このイギリス人は、自分の表現が事実を見事に言い当てたものだったとはつゆほども知らなかったでしょう。

わたしたち守護天使が、ゲームの最中、選手たちが怪我をしないよう守っているだけではなく、風になったり、霜になったり、滑らかな芝生になったり、あるいはコーナーの旗となって、あらゆる状況に居合わせているのを人びとは知りません。ボールが奇妙な回転をしたり、ニュートンの法則にはない、驚くようなことがあったとき、プレイヤーのかたわらにはそのひとの天使が立っているはず。つまり、さまざまなルールを逸脱しながらサッカーの奇跡は起きているのです。

アントン・オンドルシュのゴールを試合記録のなかで的確に記述するとしたら——天使版の試合記録となるでしょうが——オンドルシュとわたしが一緒にヘディングで得点したと記すべきです。というのも、勝利をめざすわたしたちは一心同体だったからです。

ですが、『そばに守護天使がいたんだよ』と、ピッチ上の出来事を控えめに話すプレイヤーはひとりならずいます。偉大なプレイヤーというのは、往々にしてとても控えめなひとなんです」

天使ペトルは黙り、喉をすこしうるおした。聴衆の興奮がかれのなかにまで入り込み、ある聴衆がこう囁いた。「人間もわかっているんじゃないか？　あんな体験を目にするのだから……」

「でも、試合は最後の一秒までどうなるかわかりません。七十三分、オランダは得点を上げ、同点になったのです。敵のフォワードはすこし上に浮いたクロスをゴール前にあげました。ヘディングするには低かったものの、バレエのパ・ド・ドゥをするには十分の高さでした。その時間帯、ゲームを支配していたのは、オレンジの守護天使でした。わたしのあるじはハイキックでクリヤーしようとしましたが、不幸なことに太腿にあたってしまい、ボールは我々のキーパー、イヴォ・ヴィクトルの背後に吸い込まれていったのです。

その瞬間、わたしのあるじはうなだれて芝生に倒れ込み、目を閉じました。わたしはかれを立たせようとしましたが、かれはこう繰り返すばかりでした。『ここにはいられない、おしまいだ、なんて恥ずかしいんだ、それでも国を愛しているのか……もうおしまいだ！』

ですが、ヴィクトル、パネンカ、さらにほかのメンバーたちはわたしのあるじがすすり泣きながら、湿った芝生の上で横になっているのを許してはくれませんでした。『プレーはまだ続いているぞ。おい、大切な黄金のパンツをなくしたわけでもないだろう。さあ、立つんだ！』

そう、黄金のパンツ、この表現はいつも役に立ちました。人は笑うことができると、涙はすぐに乾くものです。ザグレブは雨でしたが、それは目に見えない涙でした。雨のしずくのなかで涙もなくなりました。

わたしのあるじは立ち上がり、プレーを続けました。オランダに得点を与えるぐらいだったら、自分の命を差し出してもかまわないと思っていました。仲間の自分が邪魔をしてしまったキーパーを、今度は自分が要塞になって守ったのです。

試合は九十分では決着がつかず、延長戦に突入しました。テクニックがあり、視野の広いフランチシェク・ヴェセリーが交代で入ると、ズデニェク・ネホダにパスをして、二点目のゴールをアシストしました。ネホダは、一点目と同様にヘディングで得点をあげました。そればかりか、今度は、サッカーの天に恵まれたフランチシェクが意気消沈したオランダの選手たちをひとりで見事にかわし、三点目をあげたのです。

そう、アントニーン・パネンカの予言通り、風船は破裂したのです。

翌日の新聞には、こう書かれていました。『オランダのチューリップはザグレブの雨にぬれて萎《しお》れてしまった』

そのあとには、よく知られた決勝戦がありましたが、それについては、アントニーン・パネンカの天使に聞いてください。というのも、わたしは激しくボールとぶつかったせいか、そのあとのことはもうよくおぼえていないんです。ですから、内容のとぼしい話を披露したくはないんですよ」ペトルは冗談を言うと、天使たちはみな、心からどっと笑った。

パネンカ・キック〔同年の欧州選手権の決勝戦で、パネンカが決めたPK。キーパーの正面にふわりと浮かしたチップキックのこと〕の守護天使を招待してみたらどうかという提案に、天使たちは興奮をおぼえた。オンドルシュの《天使のヘディング》だけでなく、あの神がかりのパネンカ・キックのことも天使たちは思い出したからだ。

アンジェリカ

Andělka

「天使のように美しい彼女の顔が、ぼくのまぶたから離れないんだ」天使フベルトが話しはじめた。「彼女の名前はアンジェリカ、女の天使という意味だよ。美人コンテストで優勝した人たちの守護天使が、彼女をどう思うかわからないが、ぼくは彼女を見つめることすらできなかった。それはまるで絵に描いたような美しさだった。この世でもっとも美しい娘でなかったとしたら、ぼくは奈落の底に落ちてもかまわない。

両親がいなかった彼女は孤児院で育った。何組もの親が彼女を養子に迎え入れようと申し出た。でも、理由はわからないが、いつも養子縁組はうまくいかなかかったんだ。

まだ赤ちゃんだったころ、夜中じゅうずっと声を張りあげて泣いてね、一睡もできず憔悴しきった両親は根をあげて、ふたたび女の子を孤児院に帰してしまった。

よちよち歩きができるようになると屋根の上に登り、そこで奇妙な昆虫の歌を歌ったりして、ソーシャル・ワーカーが孤児院への帰還を勧めることもあった。

また別の両親は、小学生の彼女がほかのひとにはわからない自分だけの言葉を話しているのが気にくわなかった。彼女は天使語しかしゃべろうとしなかったんだ。

最後に養子を引き受けた夫妻は、彼女が未来の予言をはじめたので驚愕してしまった。

『お父さん、エレベーター乗っちゃだめよ。運命の書物にはね、このエレベーターに三千人目の乗客が乗ったときロープが切れると書いてあるの。ドアを開けてなかに入ったら、お父さんが三千人目よ』女天使は養子の父に警告した。『そんなことばかげている、家にいなさい』父は答えた。父はパネル式集合住宅の自室のドアが閉まり、娘が部屋に入るのを確認した。『あの娘はたしかに絵に描いたように美しい、でも、信心深い婆さんのような話をすることがある。なら、エレベーターに乗って無事に一階にたどりつき、逆に脅しを笑いとばしてやるか』

けれどもエレベーターのドアが開いても、父はなかに入ることができなかった。思わず立ちすくみ、なかに入ることも、逃げることも、階段で下っていくこともできなかった。身体が完全に凍りついてしまったのだ。ようやく足を踏み入れる決心をしたが、それもかれの守護天使がそう仕向けたからだった。部屋に戻ると、家族のアルバムから自分の写真を探し出した。ドアが開いたままのエレベーターに戻ると、なかに写真を置き、外からドアを閉めた。素早く一階下に走って下り、エレベーターを呼ぼうとボタンを押そうとしたその瞬間、一階にいた誰かがボタンを押してしまい、エレベーターが動き出した。

エレベーターがまったく問題ない様子で正常に下降していくのを耳で確認すると、幼い娘の脅しに乗せられ、我を見失ってしまったのを恥ずかしく思った。隣人か、その奥さんがエレベーターに乗り、写真を見つけたら、いったいどうなるだろう?

そしてとんでもない事態が起きた。単なる写真だったにもかかわらず、三千人目の乗客は急激に落下した。鉄のロープが切れてしまったんだ。

そう、アンジェリカのみならず、かれの守護天使も的確な助言を与えたのだね。

魔術や魔法を引き合いに出して、事故調査委員に事故の詳細を説明するのは至難をきわめた。ましてや被害者はひとりもおらず、失われたのは一枚の写真だけだったのだからね。アンジェリカは、非の打ちどころのない家族という試みを壊してしまった。

アンジェリカは絵に描いたように美しかった。けれども、父親よりも多くのことを知っているばかりか、あらゆる人間よりも多くのことを知っている少女を、娘として受け入れることはできなかった。

だが、アンジェリカは嬉々として孤児院に帰っていった。

ぼくには彼女のことがよくわかっていたけれども、ほんとうに不思議で変わっていて、まるで人間という種族に属していないかのようだった」

聖具室にいる天使たちは耳をじっと傾けた。そう、天使と人間の中間に位置する存在にまつわる古の伝説を聞いたことがあった。エルフ一族だ。はて、守護天使はそのような存在のもとでの任務を課せられることがあるのだろうか?

重い木のベンチでの天使たちの夜の語らいの折に、話題になるのは人間だったが、その際想像力を働かしてはいけないというものは誰もいなかったし、ねつ造したり、伝説を語ったり、嘘をつくことを禁止するルールはなく、ただ天使たちがそういうことを思いもしなかっただけ。かれらが見守っている人びとの運命は、それほどまでに刺激に満ちあふれていたのだ。

天使にまつわる語りにどう接すればいいだろうか？　これが、真実だったとしたら？

天使フベルトは話を続けた。「ある日、彼女は突然ぼくに声をかけてきたんだ。『ねえ、わたしの守護天使さん、助けてほしいことがあるの』『おや、いとしい娘よ、いったいどうやってぼくのことが見えるんだね？』ぼくはびっくりした。『遠い先の未来のことが見渡せるのに、手に届く範囲にあるものが見えないわけないでしょう？』彼女は囁き、ぼくの頬をそっと撫でた。

奇妙な感情がぼくの身体のなかを流れていった。この娘はまもなく十八歳になる。娘によって選ばれる幸せな男がいる。守護天使のぼくは嫉妬心をおぼえ、不幸な愛という病気にかかり、ぼくたちが迎える最後の日まで不幸せでいることになるのか。

『大げさよ』彼女はぼくの心を読んでいた。『あなたには未来を見通せないわ、だから、ねえ、いい、わたしは誰かを不幸せにするほど、ここに長くはいない。その反対よ。あなたはわたしを手助けしてくれないといけないの。ええ、わたしのお母さんがずっと眠りについているのは知っているわ。もう長いこと。そうでなければ、とうの昔に母さんとわたしは抱き合っているはず。でも母さんが目を覚ますことはないわ、わたしにはわかるの。でも、抱き合わないといけないの。普通の天使だったらしないことを、あなたにお願いしたいの……』

『なに？』ぼくはびっくりし、彼女は囁いた。

彼女は、母親が延命装置をつけられたまま病院で寝ていることを打ち明けてくれた。

『わたしと同様、彼女のなにかがすでに死んでしまっているの』彼女は揺るぎない率直さとともに説明してくれた。『目の前に未来がないというのに、未来が読めていったいなんのためになるの？ わたしと一緒にいたがったり、養子にしようとしたり、わたしを愛そうと試みるひととはうまくいくことはない。だって、わたしの感情は火のついてないかまどのように冷え切っているの。

ねえ、フベルト、あなたはやさしい天使よ。もしわたしが死のうとしたら、きっと手助けしてくれるはず。深淵の底からわたしを引きずり出してくれるはず。あなたが傷つくことはぜったいないわ。信じてちょうだい。決心したの。離ればなれになっているものを、もう一度結び合わせなければいけないって……』

ぼくは状況を呑み込み、驚きで目を見開いた。

『そう、母さんのなかではいろいろなものがなくなり、わたしのなかでもいろいろなものがなくなったわ。だから、わたしと母さんは抱き合って、ひとつの身体になるの。健全なパーツだけが建築を形づくることができるの。アンジェリカも、母さんもいなくなって、二重の、けれども、ひとつの存在が残るだけ。もしかしたら、家に連れて帰ったり、養子にしたり、贅沢をしたり、愛することのできる存在を。大丈夫、一瞬で凍らせる奇術を使って、驚かすようなことしないわ。もうすぐ、わたしは十八になる、そしたらお母さんと一緒になるの。クリニックでの高額な手術費用は占いで目いっぱい稼ぐつもり。

だからあなたには、お母さんの守護天使を追い出してほしいの。昼も夜も母の上で見張っていて、生命《いのち》をしっかりと見張っている守護天使を。わたしには母さんと一緒になるための自由な入口が必要なの。それができれば、彼女は死んだようになるわ』

『でも、ぼくが負けたらどうする？』ぼくはアンジェリカにたずねた。

彼女は頭を下げ、なにも答えなかった。

病に伏している二つの生命のうち、力の強いほうだけが生き残ることをぼくは理解した。ふたりの弱いひとが結びつくことができなければ、ふたりとも萎れてしまうのだと。

ぼくは、彼女が言ったことをすべて引き受けると約束した。

十八歳を迎えたアンジェリカは、その年、ロトでこのうえない勝利を収めた。

彼女にすれば、十個すべてのラッキーナンバーを知ることなど朝飯前だった。

ぼくたちは長期入院患者用の治療施設を訪れ、彼女は母親と再会した。彼女が抱くことを初めて決意した生命のない身体が、どのようなものであったかはここで話そうとは思わない。彼女は大金を払い、母親はスイスの個人病院に転院した」

「安楽死ということ？」天使ベンヤミーンは、乾いた唇で囁いた。

「外見上はそう見えるかもしれない」フベルトは認め、話を続けた。「実際のところは、身体の提供でした。狂気の提供、怪我を負ったふたりから、たったひとりの人間を作ろうとする身体提供です。肉屋と死神のように見えるかもしれないが。

ぼくが闘いを挑んだ天使は、自分のあるじを守るべく、悪魔のように闘いを仕掛けてきた。わたしたちはおたがいに拳や翼で叩き合った。ですが、ぼくが狂おしいほどに愛したわがエルフの娘は、騎士の力を授けてくれたのだった。ぼくは勝利を収め、天使が見守っていた女性、つまり、お母さんが息を止めたその瞬間、あの天使を追い出すことに成功した。より健康であったものの、心は犬の鼻のようにひんやりとしていたわがアンジェリカは、これまでずっと会えずにいた、お母さんをついに抱きしめたのだった」

物語の結末を聞いた天使たちは歯の震えをこらえようとしていた。

フベルトは手をあわせて、そっと言った。

「アンジェリカは自分の未来をよくわかっていた。彼女は永遠にこの世を去り、ぼくは嫉妬すべきひとを失ってしまった。あとに残ったアデールカは人びとに愛を授けることができるひとで、今日では夫と子ども、故郷もある。エレベーターに乗った三千人目の乗客を地獄に送ってしまうような能力はなくなってしまった」

バロック教会の聖具室は沈黙が支配した。不幸が襲いかかるのは人間のみならず、守護天使にも降りかかることを想起させる物語を聞いたあとで、いったいなにが言えるのだろう？

古いタイプライター

Starý psací stroj

　プラハのバロック様式の教会に守護天使たちが集まるようになってから、早いもので一世紀が経とうとしている。君はあのときのことをおぼえているかい？今、大人になっている君は、子どもだったころ、夜に鳥の群れのような天使の音を耳にしたはずだ。そっと窓に近づくと巨大な満月が煌々《こうこう》と輝いていた。君が目にしたものを話しても、親は信じてはくれなかった。もう朝になり、君は寝ぼけ眼《まなこ》で、子どもの言うことと夢は信頼に足らないものだったからだ。

　でも、君がまだ子どもであるなら、守護天使は実際にいるのを理解してくれるはず。君とわたしのように。幾度となくこの教会にやってきたかと思うと、義務を果たすためにしばらく姿を見せない天使もいれば、定期的に戻ってくる天使もいる。だがどの天使もまた、目にすることのできない後ろ姿を木のベンチに残し、時間という貪欲な虫が穴を開けた背もたれに白鳥のような翼で触れながら、自分の瞳そのものであるかのように見守っている人間の物語をほかの天使に語ろうとするのだ。

もちろん、わたしたち人間とは異なり、かれら天使の任務に終わりはない。この世にかつて生きていた祖先のもとの反対側の世界へ人間が渡ると、また新しく生まれたひとの世話をしなければならない。自然のなかで水が循環していくのを知ってるよね。人間のサイクルも同じだ。年老いたひとが去っては新しいひとが訪れ、誕生と死という生命の泉はけっして枯れることがないんだ。

今宵、集まったのは五名だった。長老のアブラハーム、若いベンヤミーン、さらにはグレーの美しいカール髪のエロヒームと、遠距離飛行のチャンプで落ち着いて坐っていることのない筋肉質の翼の持ち主ロタルもいた。今晩話を聞かせてくれるのは、ピアノの鍵盤のように長い、落ち着きのない指をもち、話しながら目に見えないピアノを演奏するフロリアンだった。

そう、前者のロタルは、ベビーベッドの上に吊るされた木製の白鳥のように翼を振り、もうひとりのフロリアンは目に見えない鍵盤を弾いていた。

「同僚のみなさん、ぼくのあるじの運命を左右した出来事について話をするね」

天使フロリアンは首を振りながら指の動きをぱっととどめ、そのあと指をすこし持ちあげると初めて目にしたかのように手を眺めた。

「あるじの名はオタ。忠実に仕えるようになってかれこれ六十五年になる。でもいったいなにを話すかわかるかな？　オタが子どもだったころ、膝のことを心配することもなければ、転ぶんじゃないかって気にかける必要もなかった。ヒヒの群れのような男の子たちが背の高いポプラに登り、それぞれ見守るひとが落ちるんじゃないかと、守護天使が顔面蒼白になってひやひやしているなか、ぼくは木の下で見守る必要などまったくなかったんだ。

そう、ぼくのオタはどこか変わっていた。言葉をまったく話さなかったので、知的障害があって、本来あるべき輪っかのひとつが足らないんじゃないかと誰もが思っていた。

赤ん坊のころ、両親が窓を開けたまま、オタが眠っていたことがあった。そのとき、なんとその窓から女狐が忍び込んできたんだ！　恐怖のあまり、ぼくは頭がどうにかなりそうだった。女狐の上をバタバタ飛びまわり、声を上げたり、部屋にあった物を投げつけて驚かそうとしたけれども、女狐はまるで何事もないかのようなそぶりを見せ、逆にぼくのことを手で払いのけようとした。爪のある手が宙を舞うように、ぼくの身体のなかをさっと通り抜けていった。赤毛のおてんば娘は突然『アー』とあくびをしたかと思うと、鋭い歯を見せながら、オタのほうへ近づいていったんだ。

けれども、オタは女狐のことにまったく気がついていないようだった。

『おい、声を出して叫ぶんだ！　獣がいるぞ!!!』ぼくはかれの耳に言葉を発し、あごの下をくすぐって、耳元に叫んでみた。

けれども、オタは頑として動かなかった。横たわりながら赤毛の侵入者をじっと見ていたのかもしれないけれど、その侵入者はオタをウサギと思って絞め殺すかもしれない状況だったのに。

そこで、ぼくは壁をすり抜けて両親の寝室に駆けていき、ふたりの守護天使たちの助けを借りて、どうにか子供部屋に両親を連れてきたんだ。今だから告白するけど、ぼくたちは、狂った悪魔のようにセントラルヒーティングのなかで、がしんがしんと音を出して大騒ぎをしたんだよ。

そして、そのとき……!!!!」

天使たちは身もだえしはじめ、ロタルはそればかりか翼を振った。「だめ、まさか……」思わず言葉がもれた。

「まあまあ落ち着いて」フロリアンはふたたび指を鳴らした。「じつはだね、あの女狐は、あのしゃべらない少年に甘えはじめ、ふたりは一緒に横たわっていたんだ。オタのお母さんが箒《ほうき》を手にして、激しい剣幕でキツネを追い払うまでのあいだだったけどね。おそらく女狐は、オタを失《な》くした子どもの代わりだと思ったのだろう」

「なるほど、じゃが、その女狐には本当に子どもがいなかったのかね？」アブラハームがたずねた。「オタを巣穴に連れていくこともできたじゃないか！　そういう話を聞いたことがある……フロリアン、オタのために君はいいことをした」年配の天使はフロリアンを誉めた。

慎み深い天使は人目につくほどはっきりと顔を赤らめた。

「そう、たしかにそうかもしれない……でも、ふたりが一緒に幸せそうに眠り、平穏で落ち着いているのを見て、ぼくは自分が恥ずかしくなってしまったんだ。どうして、オタと女狐をベッドの上にそのままにしないで、子どもを育てる邪魔をしてしまったのだろうって。けれども、あのいとしい女狐はとっくのむかしに箒で追い払われ、やってきたのと同じ道を通って部屋から姿を消していた。

二週間ほど経ってから、近くで女狐の死体が発見され、地元の獣医が検視を行なったところ、その女狐は狂犬病にかかっていたんだ」

「別のキツネかもしれないじゃないか……」ロタルが反論し、興奮した様子で大きな翼を振った。

「いや、あの女狐だよ」フロリアンが断言した。「あの女狐だとぼくにはすぐにわかった。いいかい、キツネはそれぞれまったく姿が異なっていて、仮に千匹いたとしても、あの女狐は見分けられると思う。

それから一カ月が経ち、すべてがすっかり忘れ去られたころのこと。同い歳の子たちはだいぶまえから、口を閉じることのないくらいしゃべりっぱなし、騒ぎっぱなしだというのに、うちの子はひと言も話さないと両親が気をもむほど、言葉を話さなかった少年はついに初めて言葉をしゃべったんだ」

「さきが見えてきたぞ……きっと、このあと……」ベンヤミーンがそっと囁いた。

「しー、おいおい、邪魔しちゃだめだよ」ロタルが我慢ならず指を口にあて、いままでにまして速く翼をばたばたと振った。

「『女狐《リシュカ》』って言ったんだ！　リシュカって！」フロリアンが強調した。「ぼくが耳元に叫んだ言葉が残っていたんだろうね！」

「だが、人間は我々天使の声を聞くこともできなければ、見ることもできないはず。無論、例外はある、ごく稀にじゃが。基本はそうじゃないだろう」長老で聡明な天使アブラハームは言った。

「いや、オタは聞いたんだよ」天使フロリアンは反論した。「ほんとうさ。そうでなければ、『ママ』とか『パパ』といった言葉の前に、どうしたら『女狐』って言うんだい？」

「両親はきっと当惑しただろうね」エロヒームが指摘した。「だって、それまでひと言も話さなかった子どもが、いきなり寝室に侵入した獣を意味する単語を口にしたのだから」

「いや」フロリアンはくすくす笑った。「両親はね、いちばん耳にしたかった言葉を聞くことができたんだよ。母親の名前はエリシュカだったからね。だから『ママ』って言う代わりに、母親の名前を呼んだと思ったんだよ」

「ふむ、この世にはほんとうに変わった人間がおる。女狐の来訪と、初めてしゃべった言葉のあいだの明らかな関連性を見出せんとは」アブラハームは禿げの頭をぽりぽりと掻いた。

「それから、オタは会話の面で飛躍的な進歩を遂げてね。しばらくすると流暢《りゅうちょう》に話すようになり、同い歳の子たちから遅れた分を取り戻したんだ」

「じゃあ、あの女狐は……なにかの使いだったというわけかい……」聞き手は息をついた。「ぼくたちみたいな……」

「そう」フロリアンは晴ればれとした表情を浮かべた。「でも、それだけじゃない、話はまだ続くんだ。オタは小学校に入ってほかの子たちと一緒に過しているうちに、また遅れが目立つようになり、先生たちは理解力が足らないとこぼしはじめ、オタはしまいに言葉がどもるようになってしまった。

ぼくはまた、かれが転んだり、喧嘩をしたり、川の堰《せき》で危険な水遊びをしないよう見張る必要はなくなった。けれども今度はかれがひとりぼっちにならないよう気をつけなければならなかった。毛むくじゃらの毛布のなかから言葉がゆっくりとしか出てこない、かたつむりのようにのろい男の子と仲良くしようとする同級生などいなかったからね。遊びやいたずらに誘われることはなく、むしろ、時々からかわれるようになり、わがオタは、あらゆることに対してハリネズミのように身構えるようになってしまった。身を丸くしたハリモグラはトゲを持つ者だけが感じる孤独に陥ってしまったんだ。

オタが快適さをいちばん感じたのは、軽い風邪をひき、熱も出て、学校に行かなくていいときだった。ぼくは、かれが体温計を熱い紅茶のなかに入れてから、それを母親に見せる様子をすべて眺めていてね。体温計が破裂しないようにフーフーと息を吹きかけて温度を冷やしていたよ。なんでもすぐに信じてしまうエリシュカでも、体温が百度もあったら信じてくれやしないだろうからね。

オタは、学校から遠く離れたベッドに横になって思う存分夢を見ることができた。先生から同情を買うことも、同級生にあざ笑われることもなく、空を飛ぶことさえできたんだ」

「アイアイアイ」興奮したロタルは翼を振った。「神のおかげで、もっとも速い翼をもっている天使がこのわたしだ。悲しいことなんて飛べば忘れてしまう。数分あれば世界のはずれまで行けるのだから」

「病気だというのに、両親が子どもを独りきりにするとは想像できん」アブラハームが述べた。「またキツネが来たらどうするのじゃ……?!」

そのとき、そこにいた誰もが身を硬直させ、語り手のほうに視線を移した。

語り手の天使は、にやっとしてうなずいてみせた。

「そう、どこか遠くから飛んできたものが、オタのベッドのヘッドボードにとまったんだ。それは、これまでぼくが見たなかでいちばん大きな鳥、コンゴウインコだった」

「ああ」天使たちは息を吐き出した。

「翼の大きさは、君とほとんど同じくらいだよ、ロタル！

『まったくーーー、どうしてーーー、わしはこんなばかなーーーじいさんーーーなんだーーー!!!』ヘッドボードのインコはキーキー叫んでいた。

ぼくとオタはふたりで笑った。インコはしょっちゅう不機嫌で怒っていた。それればかりか、ドアのところには、母親のエリシュカと一緒に、インディアンみたいな恰好をした老人が立っていた。

長い白髪をヘッドバンドで留め、刺繍のあるシャツを羽織り、幅の広いコットンのズボンを履いていた。

『おじいちゃんがあなたの面倒をみてくれることになったわ、わが家の可愛いぼうや』お母さんは微笑を浮かべた。

自然科学の学者、そして著名な動物園の協力者として世界中を旅してまわり、どこでもじっとせず、一カ所にとどまることのなかった年老いた祖父が、インコとともにオタ一家を訪問してきたんだ。祖父は、まるで大きな野性児フライデー〈ロビンソン・クルーソーが無人島で遭遇した現地住民〉であるかのように、小さなロビンソンに近づいた。と同時に、老人が唯一求めていたのが、静かな環境で自分の本を書き終えることだった。長い、長い自分の人生の夢について。

『まったく、どうして、わしはこんなばかなじいさんなんだ?!!』老人はタイプライターのキーボードの上で、しばしばうなり声を出していた。

かれのアマゾンのインコも、老人の言葉を繰り返した。『まったくーーー、どうしてーーー、わしはこんなばかなーーーじいさんーーーなんだーーー!!!』

『なにをしているの、おじいちゃん?』部屋からは、金属のシリンダーに刻まれた鉄の文字が、連続砲撃のようにダダダダと叩きつけられる音が何時間も響いていてね。オタはドアノブを回して、勇気をふりしぼってたずねてみた。黒いインクに浸った黒い文字と黒い太鼓のあいだで、小さな文字がひしめきあっている白い紙が動いていた。このコンピュータの時代であれば博物館行きか、鉄クズとしてしか扱われない、古い技術を用いたタイプライターに、オタはすっかり魅了されてしまった。

老人は、タイプライターから取り出した紙をくしゃくしゃに丸めると床にぽいと捨てた。『あのインコはわしよりも賢い。話すことができたら、あの水面に立ち上がる水蒸気のことも話してくれるにちがいない。十五センチのトンボがゆっくりと水面を飛び、水面の奥深くでは影が近づき、普段はとても誇らしい態度を見せているピラニアをも脅かすのだ。その後、エメラルドの水よりも濃い閃光がわしよりも聡明な者を脅かし、わが守護天使がわしの耳にあの渇望した言葉を囁いたんだ、アナコンダだ、と！』

その瞬間、ぼくの身体に電気が走った。オタのおじいさんの守護天使ヨハンの目をじっと見ると、かれもまたうなずいていた。おじいさんと孫のふたりは類《たぐい》まれな才能を授かっていたんだ。ぼくが見守る少年が、猛《たけ》り狂ったキツネを警告するわたしの声を耳にしたように、おじいさんは、アマゾン川で大蛇がいる警告を自分の天使から耳にしたのだから。

その瞬間、ぼくには、オタがこれから先、ひとりになることはないとわかった。

おじいさんはタイプライターのシリンダーに文字の連続砲弾を試みながらも、冷え込む砂漠で負った傷、雪や氷のなかでの熱い眠り、五十センチもある蝶の捕物、ハリウッドスターのボアよろしく尻尾の長いアフリカ産の猿ゲレザの魅力といったスリリングな人生の物語のすべてを書き記すことなどできなかった。紙は丸められて、ゴミ箱に捨てられていたけれども、がたがたとキーボードに叩きつけられた文字はすべてこの古いタイプライターのなかに刻みこまれていた。

記憶がおぼつかなかったり、すぐに息切れしてしまったり、集中力が途切れてしまい、何千回も愚痴をこぼしていたおじいさんが亡くなった後、オタに残されたのは、おしゃべりのインコをはるかにまさるものだった。

オタが屋根裏から機械仕掛けの古いタイプライターを取り出してみると、そのシリンダーにはおじいさんの文字が一つ残らず記されていた。そして、何カ月、何年もかけて、そこに記されていた文字を一つ一つ解読しはじめた。

シリンダーに刻まれた物語や言葉とともにオタは成長し、あちらの世界にいった人びとの足元で、ジャングル、サヴァンナ、雲のかかった山の物語のなかで育っていったんだ。オタはとっくの昔に大人になっていたけれども、そういったことから関心が離れることはなかった。

今やオタは成熟した男性になり、大作家となっている。この年月のあいだに何百万の単語を身につけたかれの作品はどもることはないし、かれ自身もまた、どもることはなくなった。夢見ていたものすべてを手に入れたんだよ。友人、名声、若者や年配の人たちからの敬意、美しい妻、賢い子どもたち。

オタはときおりおじいさんのことが恋しくなっているはずだ、ぼくにはわかる。あの年老いた男性が不滅ではなく、ジャングルの奥深く、天にも届きそうな山脈の頂きをめぐる冒険旅行の物語を書き終えることができなかったのは残念なことだとね。

そこで、一度もその地に行ったことのない孫がすべて書き記したんだ。でも、みんなには話しておかなきゃいけないね。ちょうど二週間前のことだけど、オタは、おじいさんから引き継いだ古いタイプライターをきれいに磨いて棚に仕舞い込むと、パソコンを購入したんだ。つまり、前世紀の遺物ではなく、より近代的な装置の助けを借りて物語を語る決意を固めたんだよ。

そして信じられないことが起きたんだ」

「物語が書けなくなった？　才能が枯渇してしまったとか?!」天使たちは次々に声をあげた。

「いやいや、そういうのじゃないよ」語り手はにやりとした。「古いタイプライターはなくなっていたんだ。おじいさんの守護天使ヨハンが引き取りに来てね。天使ヨハンが磨かれたタイプライターの入った引き出しを運び出して、開いている窓のほうにむかって歩いているのが見えた。

『兄弟ヨハン』ぼくは声をかけた。『すこし待ってくれるかい……』

年老いて毛が抜けたインコのいる鳥かごを開けてみると、その鳥はもう四十年以上にわたってこう叫んでいた。『まったくーーー、どうしてーーー、わしはこんなばかなーーーじいさんーーーなんだーーー!!!』

ぼくは鷹匠のように鳥をそっといちど手にのせてからヨハンに手渡した。

それからしばらくのあいだ、ぼくは夜空を眺めながら手を振っていた。

そして、眠っているオタの耳に今起きたことをそっと囁いたんだ。

朝になって、古いタイプライターの入ったケースがどこか知らない場所に行ってしまったことを知っても、オタはとても落ち着き払っていたよ。きっと確信があったんだろうね。おじいさんは、エメラルドの水面、危険なアナコンダ、産毛のような尻尾のゲレザ、そればかりか世界の不思議な出来事にまつわる本をどこかで書き上げ、不滅の存在になるにちがいないとね」

Ⅳ　奇跡のように

IV. *Jako zázrakem*

鏡像

Zrcadlení

プラハにあるバロック様式の教会では、聖具室係が夜の巡回で鍵束をジャラジャラと鳴らしながら、ゆったりとした動きですべてのドアに鍵をかけ、軽やかに眠りにつくやいなや、教会の身廊に昔からあるベンチは、守護天使たちが定期的につどう場所となる。

それなりの数の天使がつねに舞い降りてくるが、七人のときもあれば、四人のときもあり、出席者の顔ぶれもそのたびに変わっていく。たった一度だけしか顔を見せない者もいれば、常連もいる。だがひとつだけ共通していることがある。わたしたち人間が眠り、夢を見ているとき、仕事を終えたわたしたちの守護天使たちは教会のベンチに腰かけ、パートナーであるわたしたちについて話をはじめるのだ。

天使が話をしているときに、教区司教がミサ用の赤ワインのボトルをたおしてしまうことがある。鮮明なスカーレットの液体が目に見えない喉を流れるが、知識人たちが語るところによれば、その液体は普通の人間を詩人にするばかりか、天使もまた詩人に変えるという。

今晩、話を披露してくれたのはロランだった。これには、出席していた天使全員、アブラハーム、ベンヤミーン、ロタル、エマヌエルが驚いた。あの無口な奴が話すとは！　年老いて毛が抜けた天使はうしろに翼を畳んだ。すると、翼が聖具係の鼻をくすぐり、聖具係はくしゃみをした。幸いにも、聖具係が翼を目にすることはなかった。ご存じの通り、守護天使は目に見えないのだから。

ロランの話に戻ろう。かれはいつもしずかに耳を傾けているばかりだったので、語るべき人間がいないのではないかとみな思っていた。もしかしたら、ロランが見守る人間もロランと同じだったのかもしれない。あっという間に時間が過ぎ、しまいには無用なものしか残さない人間について語ることなど大してないだろうから、と。

今日、ロランは大胆にも手を上げ、ベンチの中央に腰かけた。

「みなさん、わたしはかつて美男子でしてね。まあ、だいぶ昔の話ですが。でも、わたしのアニンカの恵まれた美しさといったら、わたしなどとは比べものにはなりませんでした。ぜひいちど、彼女の姿を目にしてもらいたいものです。

産院で彼女の上でお母さんが覗きこみ、お父さんとわたしがその背後から、運命によって見守ることを託されたこの娘を覗きこむと、わたしたちは同じタイミングで息を吐き出しました。なんて美しいんだろう！　髪の毛は指輪のように煌めき、目は天でさえも溺れてしまう水たまりのように深いものでした。そこに溺れたら、天でさえも喜びを感じたと思います。じつをいうと、わたしは初めて彼女を見た瞬間から恋に落ちてしまったのです……。

彼女のベッドのすぐ近くに腰かけ、美貌を拝みます。そういうときはひと言も発する必要はありません。彼女のお父さんやお母さんがやってきて、わたしの上に坐ったときなど、ほとんど怒り狂いそうになりました。もちろん、目に見えないわたしたちの身体はどんな重さにも耐えることができるので、実際そうだったと言っているわけではありません。全世界のひとがわたしに乗っかったとしても耐えられたでしょう。わたしはただ、美しい彼女の近くにたったひとりでいたかったのです。システィーナ礼拝堂の天井に顔を上げ、ミケランジェロの描いた天使を感嘆しているときに、気づかないうちにほかの訪問者に足を踏まれたり、押されたりするようなものです。この世でもっとも美しい絵の近くにひとりでいたかったのです」

「ロラン、君の声には愛情だけではなく、不安も感じられる。君はほかのどの守護天使よりも、さぞアニンカのことを心配していたのじゃろう!」もっとも聡明な長老の天使アブラハームが言った。

「そうです。わたしは心配していました。彼女の両親もそうです。誰か美しいひとがいたとしたら、あらゆるきたないもので汚してみたいと思うひとがいるじゃないですか?!　すくなくともちょっとは汚してみようとするのではないかと……?!

十六歳を迎えるころまでに、彼女の運命は決まっていました。街路を歩いている彼女を見た若者は見とれて排水溝に落っこちてしまい、煙突掃除人は屋根の上から彼女を眺めたせいで、めまいで頭がくらくらしてしまいました。モード雑誌のカメラマンたちは、表紙に彼女を載せようと追いかけまわしていたので、誰もが将来彼女はモデルか女優になるだろうと確信していました。

彼女が十七歳になると、父親は美人コンテストに応募しました。哀れな父親はそれが娘にとって最善だと思ったのです。周りを見回しても群を抜いて美しい娘は、審査委員会が王冠を確証し、彼女の美しさが公的に証明されるだけのはずでした。

ですが、王冠を狙うほかの候補者たちによって、彼女はなにか悪い魔術をかけられたようでした。ほかの候補者たちはみな、魔法や呪いを使わずに彼女の美貌に比肩することはできないのを承知していたからです。

快晴の空のもと、突然雷が落ちたかのように、悪がわたしたちを襲いました。わたしがたえず抱いていた心配は現実のものとなり、アニンカは深刻な病に侵されてしまったのです。

ほかの女の子たちがハイヒールに水着姿で、世界平和や民族間の愛、危機にひんしている動物保護のために戦うと約束していたころ、アニンカは病院の白いドアの向こう側で、知らぬまに進行していた病と格闘していたのでした。医者たちは、どのような希望ある言葉も両親に告げませんでした。

わたしは彼女を手放したくありませんでした。花は枯れ、日が去っては夜が訪れ、ちいさなカゲロウは翌朝にはもう目を覚ますことはありません。そういうものなのです。ですが、人間は長生きしなければなりません。わたしはそう信じていたのです！　病院のベッド脇に坐ると、全世界がずっしりとのしかかってきました。けれどもわたしはありとあらゆるものを耐え抜いていました。それ以上のものがのしかかっても耐えられたでしょう。わたしの愛するひとに健康が宿るのであれば。

そしてある日、ついにアニンカは白いドアを開きました。依然として美しい彼女は、ほっそりとした長い脚で、春の香りがただよい、ニワトコが咲いていているところに踏み出したのです。彼女は幸せな両親の腕に抱かれました。病気に侵された彼女は子どもを望めないことを知っていたので、必要とされるのであれば、自分が子どもたちのもとに歩み寄る決意をしたのでした。

新しい、美しいクイーンたちが次々と全世界の平和、クズリの保護、フロンガスの制限を訴えている一方、彼女が選んだのは子どもの教育でした。

まばゆいばかりの美貌を持っているのだから、自分が望みさえすれば美のクイーンにでも、モデルにでも、女優にでも、なんでもなれるというのに、教師というありきたりの職業なんて、病気になったにちがいないと人びとは言いました。脳も病に蝕まれ、理性を失ったにちがいない、と。

けれども、子どもたちはそのようには受け止めてはいませんでした。子どもたちこそは重要なものを見抜くことができるのですから……」

天使たちは興奮して拍手をした。あれほど無口だった者が、突如としてこれほど大切な言葉を発するのだから。ブラヴォー！

「子どもたちは、彼女に天使を見たんだよ。ぼくたちとは異なるけれども、目に見える天使を見たんだ」ロタルは熱狂して大きな白い翼を振った。

ロランは微笑を浮かべ、うなずいた。

「ある晩、ミランという男の子が眠りにつくことができずにいました。ベッド脇には、新品の通学用かばんが吊るしてありました。ですが、ミランは学校に行きたくないと思っていたのです。学校は監獄や独房と同じで、微笑、愛撫、空気、青い空、なかでも自由といった、子どもたちが無料で手に入れることができるものが、成績によって買われるところにちがいない、と。

少年は六歳になったばかりでしたが、学校のことはよく知っていました。両親は真実を隠していましたが、上級生の男の子たちがすべてを打ち明けていたのです。かれらのほうが、父さんや母さんよりも学校のことを熟知していました。休暇と腹痛で休む以外は、毎日学校に通っていましたから。

父さんや母さんは、学校がいかにひどいところであるか、おそらくとっくの昔に忘れてしまったのでしょう。学校に通ったのはミランが生まれるはるか前のこと、それは相当昔のことで、もしかしたらまだ恐竜が生きていた時代、すくなくともサーベルのような歯をした虎が生きていた時代のことかもしれなかったからです。

『腹痛にでもなって、学校サボろう』幼いミランは決心しました。

幼いミランの守護天使は絶望に暮れました。自分たちの言動のせいで少年が学校に通わなくなったというのに、いったいどうして上級生たちは、聡明な少年にそんな影響を与える権利があるのか、と。かれらは池の近くで幼いミランに生きたヒルを渡し、水遊びをしているあいだミランの手をくすぐったりして、それを見たミランの母さんは卒倒してしまうこともありました。

賢い子どもたちの想像力はたくましいものです。不安とは無縁の、なにか強いもので納得させなければなりません。

その瞬間、それが起きたのです。幼いミランが瞳を閉じ、腹痛のことに全神経を傾けているとき、突然、天使を目にしたのです。

『て、て、天使』ミランは息を吐き出しました。

『そう、わたしはあなたの守護天使』彫りの深い青い瞳とブロンドの髪をたくわえたその女性は答えました。さやばねのように背中に翼を畳み、ミランのベッドに近づいて腰かけると、柔らかい手でかれを撫でました。

『わたしがやってきたのは、学校は監獄などではなく、教室は独房でもないということをあなたに教えるためです。腹痛は治まりますから、明日は学校に行って、自分の目で確かめてごらんなさい……』

その天使はミランの額に口づけすると、少年は返答するよりも前に眠ってしまいました。

翌日、嬉しくなったミランはかばんを手にすると、母親とともに学校に駆けていきました。

天使の言葉がミランを納得させたのです……」

「信じられん」長老のアブラハームは激しく反論した。「失礼だが、それは失言じゃ。君はその女性を天使と呼んでおるが、ここを見渡せばわかるように、女性の天使はひとりもおらん。アニンカへの愛情のことばかりでどうかされたのではないか！」

「みなさん、話を最後まで聞いてください、最後にはわたしが嘘をついていないことがわかっていただけると思います！」語り手はみずからを弁護し、話を続けた。

「翌日、ほかの一年生に混じってミランが教室の席に坐ってみると、その教室には何枚もの絵が飾られていました。そのいずれの絵にも、子どもたちが思い浮かべるような天使が描かれていました。けれども、絵のなかの天使の美しさは、かれらの先生が教室に足を踏み入れたその瞬間に、いっきょに色褪せたものとなってしまいました。昨夜、部屋を訪問したのは誰だったのか、ミランはすぐに理解しました。そう、夜に姿をみせたあの女性の天使は、担任の先生だったのです。

彼女は、自分の名前はアンナだと告げ、アニンカと呼んでもいいわよと言いました。彼女は、ミランの一年生から五年生までの担任となりました。

ミランはそれまで抱いていた不満をすっかり忘れてしまい、自分の天使、夢のような教師を通して、学校を愛するようになりました。聡明なかれは、天使の訪問に疑念を抱くことはなかったのです。

それにしても、あの晩ミランを訪れたのはいったい誰だったのでしょう？ わたしはじきに理解しました。ミランの守護天使ロベルトだったのです。かれ自身、学校でわたしに打ち明けてくれました。それは《鏡像》と呼ばれるものです。自然界ではこのような現象は《蜃気楼》と呼ばれています。本人たちには悪気はなかったかもしれませんが、上級生が発した悪口のせいで、見守る人間が学校に行く道筋を見いだせなくなってしまうのではないかと心配したロベルトは、ミランの覚醒と夢のはざまで、教師を投影することを決意したのです。

ロベルトはアニンカのことを知っていて、この天使のような教師はかならずや、ミランの心配を取り除いてくれるとわかっていたので、ミランの前に、彼女を投影することにしたのです。彼女の姿を借りた自分を投影することを。

わがいとしいアニンカは、美人コンテストのクイーンとして何千人もの成人男性の夢のひととなることもできましたが、それにまさるもの、つまり、ある一年生の夢に現れる教師となったのです。

その後、ミランは偉大な学者となりましたが、天使の教師を忘れることはありませんでした。ミランのようにいくつもの高みに達することはなかったけれども、ただひとつのことは知りえた、何千ものほかの子どもたちも同じでした。ちゃんとした教師は守護天使に並ぶ存在です。もしこのことを知っている人がいたとしたら、それだけでミランのような学者にまさるのかもしれません」

「アニンカの姿を見ることができるかい……?」話を聞いていた天使たちが懇願すると、ロランは手垢だらけの古い写真を差し出した。

「たしかに、美しい素晴らしい女性だ、本当だね……」

写真には、これほど魅力的な物語を語ってくれた寡黙な天使ロランによく似た年配の婦人が写っていた。

バッハ

Bacha

プラハのバロック教会に、秘密裏に集まっては、見守っている人間について話を繰り広げる守護天使たちのことについて、これまでに何度お話ししたことでしょう。ですが、わたしのような人間が、夜の天使の会合を恐れない理由についてはまだお話ししていませんでしたね。また、さぞ疑問に思っていらっしゃることでしょう。緊迫した物語を聞いているときに、息をひそめていたかとか？　天使が翼を広げたときに立った埃で、わたしの鼻がくすぐられなかったか？　いったいどうして目に見えない天使たちは、肉と血からできている、目に見える人間のこのわたしのことが目にとまらなかったのか？

おそらくわたしの頭上では、守護天使ベドジフが保護の翼を広げてくれていたのでしょう。寝過ごして、天使の語り手たちの集会を初めて聞き過ごしてしまったあの夜も、翼を広げていたと思います。そのおかげで、天使と悪との闘いについて話を聞くことができませんでしたが、栄えある勝利を収めるシーンで目を覚ましたのでしょう。

そう、みなさんが気を揉むようなことはありません、なにが起きたか、聞いていただきたいと思います。

天使アブラハーム、ベンヤミーン、ボフダン、ノルベルト、ザーヴィシュ、エロヒーム、ガブリエル、ヨナターン、そして一心同体のユリウスとマクシムはすりへったベンチに腰かけ、聖具室で司祭の甘いミサ用ワインを開けて、それぞれの親愛なる人びとの話を繰り広げていたのですが、わたしは初めてその場に居合わせていませんでした。

守護天使ベドジフが、深い眠気をわたしのまぶたに送りつけたのです。ベドジフは、なにか好ましくないことが起きるのを感じとっていたのでしょう。そういうことの嗅覚にすぐれていましたから！　わたしは夕食後、テーブルの椅子でぐっすりと眠ってしまい、突然、人間の世界と天使の世界の区別がつかなくなってしまったのです。

天使たちの気分が最高潮に達する真夜中になる直前、教会の丸天井の下でなにかあやしい物音がしました。黒い手袋をはめた何者かが、貴重な絵画をさぐりあてて壁から外し、黒まみれの良心のように黒い手が黄金の燭台、聖体顕示台、貴重な詩篇書を奪い、懐中電灯の光は古いもの、高価なものをくまなく調べていたのです。

聖具室の天使たちは震えあがって黙ってしまい、名匠ブロコッフの描いた聖人の顔のように興奮した表情を浮かべながらじっとしていました。猫のように石畳の上をそっと歩き、芸術品を袋に次々と入れていたふたりの用心深い泥棒を注視しながら。

「我らの栄えある先人のように、竪笛のショームでも鳴らすべきだろうか？」長老の天使アブラハームがそっと言い、若い仲間たちに左の目で合図をしました。「それとも、炎の剣で侵入者を追い払うべきか？」

だが、現代の天使たちは、いかに守護天使とはいえショームなどもっておらず、そればかりか、魔王サタンや悪と夜の悪魔デーモンと居並ぶときに、天の軍隊の笛吹きが吹く、この栄えある木製の笛のことすら知りませんでした。

天使たちは困惑した様子で顔を見合わせ、がっかりした表情をうかべました。

アブラハームはにやりとして、教会のオルガンのほうを指差すと、その先には高さがばらばらの木ずりの柵のように、様々な大きさのパイプが並ぶ巨大な装置がありました。天使たちはみな、なるほどと額をとんとんと叩きました。

「そうだ、そうだ、パイプオルガンを鳴らそう！」天使たちは興奮して拍手をしました。「他人のものに手を出そうとする輩に、死ぬまで同じことを繰り返さぬように、大きな音を出して目に物見せてやろう!!!」

そして、ヨハン・セバスチャン・バッハの天使のような音楽を、床から演奏しはじめたのです。

　光輝く羽根にのって舞いあがり、天使はそれぞれ自分の肺からオルガンのパイプに息を吹き込みました。ヨハン・セバスチャン・バッハのフーガが教会の身廊に響き渡り、美しいステンドグラスの窓が震えて小刻みに音を出すほど、丸天井の下を勇ましく鳴り響き、街灯や夜のプラハの星が照らす屋外まで響き、眠っている街の遠くまで伝わっていきました。

「ったく……なんだこの音は?!」盗人のひとりが声をあげました。

「ねえ、勘付かれたみたいだよ!!!」もうひとりが震えあがり、注意深くあたりを見渡しました。

　盗人のひとりが臆病な連れをオルガンのほうに押しつけ、懐中電灯の光を当ててみたのですが、座席にはオルガン奏者はおらず、空気をパイプに送り込むふいごを踏んでいるひとはひとりもいないのを確認しました。

このバッハを演奏しているのは、悪魔本人にちがいない。しかし、あのふたりが悪魔をかならずしも恐れるというわけではない、そうでしょ?!

ふむ、もしかしたら悪魔ではないかもしれません、でも、あのフーガでわたしは目が覚めてしまったのです。

「夢かな、それとも現実かな?」わたしは目をこすりました。「今日、天使たちはいつものように話をする代わりにオルガンでも弾いているのだろうか?!」

わたしは鼠のようにそっと屋根裏に行き、なにが起きているか見ようとしました。

すると、恐怖で髪の毛が逆立ってしまいました。盗品を入れた袋をもったふたりの泥棒が懐中電灯を手にして、開いていた側面のドアのほうに急いでいたのです。背の高いほうの泥棒は手にピストルを握っていました。

音楽でかれらと戦っていた、目に見えない天使が撃たれるわけはありませんでした。けれども、毎晩のようにひっそりと天使の話に耳を傾け、泥棒の逃げ道に十字を切っていたこのわたしが襲われないとは誰が保証できるでしょうか?!

そのことは考えようとも思いませんでした。喉がかわいていたので唾を飲み込み、警察の電話番号をまわしました。電話越しにも、天使たちの戦闘的なフーガの音が聞こえ、教会からの騒音で周囲一帯の住民が目を覚ましているとのことでした。

「ご心配なく、巡回中のものがすでにそちらに向かっています」との返答。

「気をつけてください、武器を持っていますから」わたしはどうにか言い終えると、パトカーのサイレン、大声、銃撃音が聞こえました。

「手を上げて、武器を捨てろ!!!」

静かになり、天使の音楽もおさまりました。

わたしは外に出てみると、ふたりの泥棒に手錠が掛けられているのが目に入りました。わたしは周囲のいたるところで天使が大勢いるのを感じました。もちろん、はっきりと目にしたわけではありません。人間はけっして目にすることはできません、いや、もしかしたら、ごくまれに目にするかもしれない天使を。いずれにしても、わたしは内なる視力でかれらを見たのです。地面に置かれたピストルからは煙があがっていました。顔を紅潮させた若い警察官が信じられないような様子で自分の防弾チョッキを指差していましたが、そこには鉛の弾丸が食いこんでいました。頭上に飛んでいたかれの守護天使と、手錠をかけられ頭をうなだれたままパトカーに連行された、ピストルを持っていた男の守護天使は、たがいの手を取りあって、激風が無事通り過ぎたかのように、ふーと大きな息をついていました。

司祭は美術品の盗難を防いだ御礼として、わたしに腕時計をくれました。だが、みなさんもおわかりの通り、わたしがそれをもらうのはふさわしくありません。むしろ、それは守護天使たちのものです。

その後天使たちがこのバロック教会で演奏したことは一度もありません。ですが、今でも、わたしの耳にはあの音楽が響いています。そう、音楽はときに天使の軍隊のような力があるのです。守護天使みずからに読み上げてもらった首席奏者バッハの音楽はとりわけそうといえるでしょう。というのも、その音楽のおかげでバッハは不滅になったのですから。

訳者あとがき

中世の街並みをそのままに残す百塔の都、プラハ。さまざまな建築様式の建物がひしめき合う街路を通り抜け、あるバロック教会に足を踏み入れてみると、そこでは、天使たちが夜な夜なつどい、見守っている人間たちの話を繰り広げていた――。

このような魅惑的な設定で読者を誘う本書は、幻想的な街としても知られるプラハを舞台に、天使たちが披露する十七篇の話をまとめたものだ。「天使たち」の物語という設定から、キリスト教的な世界観が色濃く反映されていて、縁遠いものではないかと身構えてしまう向きもあるかもしれない。だが、いくつかの話の冒頭を読んでいただければ、そのような心配は無用であることがわかってもらえるだろう。「聖なる」天使が身体を温めようと聖具室のワインを失敬しているというシーンがしばしば描かれているからだ。そればかりか、話をしてくれるのは、過労気味の天使であったり、見守るべきあるじを裏切った天使や宇宙旅行を満喫する天使といった具合に、きわめて「世俗的な」存在、つまり、わたしたちに身近な存在としての天使たち。長老のアブラハームから若いベンヤミーンにいたる天使たちはみな、とても「人間臭い」存在であって、そのような天使たちの口を通して語られる話は、当然、きわめて人間臭い物語ばかりというわけなのだ。

「天使」といっても、大天使から堕天使にいたるまでさまざまな天使がいるが、本書で描かれるのは、わたしたち人間を見守る守護天使たち。そのため、守護天使たちの語りは、見守られている人間自身の物語に直結している。飛ぶのは上手くないがハンググライダーに並々ならぬ熱意を注ぐアレックス、アラスカでの犬橇レースを夢見るエミル、気候に恵まれていない土地で葡萄栽培に励むチェニェクなど、守護天使ならずとも、思わず「がんばれ」と声をかけたくなるような人物が次々と登場する。さらには、インド航路を発見したヴァスコ・ダ・ガマや欧州選手権に出場したサッカー選手など、よく知られたエピソードの裏話（ようするに、天使の側から見た話）も収録して、作品の奥行きが広げられている。

たとえば、《摩訶不思議な旅》に登場するフランチシェク・ビェホウネク（一八九八―一九七三）はキュリー夫人と交流のあった実在の科学者で、チェコにおける放射能研究を牽引《けんいん》した人物として知られ、本書の北極探検ならびに遭難のエピソードは実話にもとづいている（なお、かれはSF小説家でもあった）。また、チェコスロヴァキアが優勝した一九七六年のサッカーの欧州選手権の試合を題材にした《ゴール》もまた、当時のチェコスロヴァキア・チームのキャプテンをつとめたアントン・オンドルシュの活躍が下敷きになっている。いずれも、「奇跡的な生還」や「奇跡のゴール」などと呼ばれた出来事を、天使の視点を用いて、まったく別様の見方が提示されている。

全篇を通して、なによりも興味深いのは、本来、目に見ることも、声も聞くこともできない「守護天使」という存在が、喜びや苦悩を赤裸々に語っていく点だろう。道徳的で倫理的な生き方をただ説くのではなく、過ちを犯し、苦悶する人間に寄り添い、人間の呟きや叫び声に耳を傾け、みずからも葛藤する天使の姿は、それ自体、共感を誘うものだ。原書の副題に「日常のファンタジー」とあるが、そのタイトルの通り、天使の眼差しが加味されることによって、往々にしてありふれた日常の物語が、想像力溢れる魅力や世界観を帯び、ある種の幻想性を高めている。とはいえ、「ファンタジー」といっても、現実から縁遠い話ではなく、現実を舞台にしながらも、ちょっとだけ視点を変えてその現実が描かれていく。そのように捉えてみると、著者が読者にこう訴えかけているのが伝わってくる。ぼくたち、わたしたちの日常生活のなかで、ファンタジー的なもの、目に見えないものに想いをめぐらせるということはとても大切なことなんだよ、と。

このような、人間と天使の魅力的な物語を描いたのは、パヴェル・ブリッチというチェコの作家だ。ドイツ系住民とウクライナからの移民を両親にもつ父親とチェコ系の母のあいだに、ブリッチが生まれたのは、一九六八年七月二十八日、ロウドニツェ・ナド・ラベムという北ボヘミアの町。ドイツ語では「ラウドニッツ」と呼ばれるこの町は、ラベ川（エルベ川）沿岸の通商路の拠点のひとつであり、ボヘミアでも有数の古い歴史を有している（本書所収の《天使の味》はこの町が舞台だ）。かつてはズデーテンと呼ばれたこの地域には、ブリッチの父親同様、多数のドイツ系住民が住んでいたが、第二次大戦後、ドイツ系住民の大半がナチス・ドイツに加担したとしてドイツに強制移住することとなった。そのため、稀有なドイツ系住民であった父は戦後収容所での生活をしばらくのあいだ余儀なくされたという。父や家族の生涯を通して、人生にはいろいろな視点があるということを学んだブリッチは、ウースチー・ナド・ラベム大学の教育学部を卒業後、プラハの演劇アカデミーで演劇を学びはじめる。それはちょうど、一九八九年の「ビロード革命」と呼ばれる無血革命によって、チェコスロヴァキアの共産党体制が崩壊し、新しい民主体制へと移行する激動の時代のことだった。ブリッチは、高校でチェコ語を教えたり、コピーライターの仕事をするかたわら、執筆活動に精を出し、文学雑誌などに短篇などを投稿したりしていた。

一九九三年、散文『ウパニシャッドの頭』でデビューするも、革命直後の混沌とした状況のなか、しかも小さな地方出版社の出版物という事情も加わり、多くの人の目にとまることはなかった。だが、長年にわたって居を構える北ボヘミアの町、モストをそのまま主人公にするというきわめて独創的な小説『わたしは街』(一九九八)が、新人作家の登竜門とされるイジー・オルテン賞を一九九九年に受賞し、一躍注目を集めるようになる(同書には英訳 "*I, City*" Twisted Spoon Press, 2006. がある)。その後、自分のルーツでもある、ウクライナ系移民ベレジンコ一家の生涯を描いた小説『とうの昔になくなった家父長制の栄誉』

で、二〇〇四年の国家文学賞を受賞し、今日では現代チェコ文学の一翼を担う若手作家の地位を確立し、多岐にわたる作品を次々と発表している。

ブリッチの活動範囲はとても広範で、いわゆる純文学の小説だけではなく、『ガブリエラの世界』(二〇〇六)など、児童向けの絵本の文章を手がけたり、ラジオ番組用の脚本を執筆したり、さらにはロックバンドの作詞家という顔もあわせもつ。最新の著作『パパ学、あるいは、早く役目を終えたくないと思っている初心者の父親へのアドバイス』(二〇一一)は、自身の育児体験をもとにしたエッセイ、アドバイス、短篇を収録したもので、ブリッチの新境地を開いた書物となっている。

「小説」という狭い垣根を取り払い、多面的な活動を見せるその活躍ぶりは、ジャーナリズムと文学の領域で往還しながら活躍したカレル・チャペック(一八九〇―一九三八)やオタ・パヴェル(一九三〇―一九七三)といった往年のチェコの先人たちの活動と重なる点が見受けられる。なかでも、社会的な問題から、園芸など身の回りのことまで、ユーモアとともに接し、『ロボット(R.U.R.)』といったSF作品から、『長い長いお医者さんのお話』という童話にいたる多彩な作品を生み出したカレル・チャペックとはどこか通じるものがある。

また、史実にもとづく設定のなかに、想像力豊かな（時として過剰な）語りを滔々《とうとう》と繰り広げていく点は、ボフミル・フラバル（一九一四―一九九七）を想起させる。本作ではその傾向はそれほど強く出ていないが、居酒屋で見聞した風変わりな人びとを描いた短篇集『バックパス』（二〇〇五）は、フラバルへのオマージュともいえる作品に仕上がっている。

このように彼の作品を概観してみると、テーマ、ジャンルが多岐にわたっているにもかかわらず、身の回りのありふれた出来事に新たな光をあてるというアプローチが一貫していることがわかる。その意味でも、天使の視線を通して人間の物語を描くという本書は、まさにブリッチのそのようなアプローチが功を奏した作品と言えるだろう。
ちまたの書店で「児童文学」、「純文学」と厳密なカテゴリーを目にするが、逆に言うならば、子どもが読んでも、大人が読んでも楽しめる作品なんてそうめったにないのですよ、ということなのだろう。そう考えてみると、大人が読んでも、子どもが読んでも楽しめる本書『夜な夜な天使は舞い降りる』は、きわめて稀に見る書物なのかもしれない。

本書の成立の経緯について、すこし触れておこう。本書に収録されている短篇のいくつかは、二〇〇〇年頃にチェコ・ラジオのラジオ・ドラマ用の脚本として執筆された。その後、ラジオ番組用にさらに数編が追加執筆され、書籍として刊行するにあたり、書き下ろし作品を加え、最終的に十七篇からなる天使の物語というかたちに至った（底本には、Pavel Brycz: *Co si vyprávějí andělé ? Fantasy všedního dne.* Praha, Mladá fronta, 2011. を用いた）。執筆が十年近くにわたり、さらにその間、本書に収録されている作品が個別にラジオで上演されていることもあって、冒頭の語りで若干重複している箇所があったり、あるいは語り手が、天使だったり、第三者だったり、さらには語りを拝聴する人間だったりといった具合で入れ替わっているのは、そのような事情によるものだ。
訳出にあたって、いくつかの独特な表現については著者本人から助言を受けることができた。「パパ友」でもある著者パヴェル・ブリッチに、この場を借りて御礼を述べたい。

阿部賢一

二〇一二年八月三十一日

［著者について］

パヴェル・ブリッチ

一九六八年、北ボヘミアのロウドニツェ・ナド・ラベム生まれ。ウースチー・ナド・ラベム大学で教育学を修めたのち、プラハ芸術アカデミーで演劇を学ぶ。小説、児童書、エッセイなど、多岐にわたる作家活動を行ないながら、コピーライター、作詞家、脚本家としても活躍。小説『とうの昔になくなった家父長制の栄誉』（二〇〇三）で国家文学賞を受賞するなど、現代チェコ文学の注目株。

［訳者について］

阿部賢一（あべけんいち）

一九七二年、東京生まれ。東京外国語大学、カレル大学、パリ第四大学で学ぶ。現在、立教大学准教授。著書に『イジー・コラーシュの詩学』『複数形のプラハ』、共編著に『バッカナリア　酒と文学の饗宴』、訳書にボフミル・フラバル『わたしは英国王に給仕した』、ラジスラフ・フクス『火葬人』（近刊）など。

はじめて出逢う世界のおはなし
夜な夜な天使は舞い降りる

2012年11月13日　第1刷発行

著者
パヴェル・ブリッチ

訳者
阿部賢一

発行者
田邊紀美恵

発行所
東宣出版
東京都千代田区九段北1－7－8　郵便番号102－0073
電話（03）3263－0997

編集
有限会社鴨南カンパニ

印刷所
亜細亜印刷株式会社

乱丁・落丁本は、小社までご送付ください。
送料小社負担にてお取り替えいたします。

ISBN978－4－88588－078－0　C0097